이제 곧 행운이 너를 찾아갈 거야

수정빛 에세이

STUDIO:ODR

행운은
우리 옆에
있다

"우리한테도 좋은 날이 오겠지?"
어린 시절부터 함께해 오며 쌓아온 서사가 깊은 친구와의 대화 말미에 꼭 덧붙이는 말이다.

우린 줄곧 남들보다 굴곡 많은 삶을 살아왔다고 생각했다. 작은 일 하나도 쉽게 풀리는 법 없이 반드시 큰 산을 넘어야 그다음 일이 풀려가기를 반복했고 그건 지금도 마찬가지기에, 우린 여전히 서로가 서로에게 삶의 위안이자 버팀목으로 존재하고 있다.

각자 일상이 바빠지면서 친구와 자주 연락하지 못하고 만나기도 어려워졌지만 한 번씩 속상했던 일, 화났던 일, 기분 나쁜 일에 대해 두서없이 하소연을 쏟아내다 보면 어느 순간 얼굴에 드리웠던 모든 근심이 걷히고 환하게 웃고 있는 우리 모습을 발견하게 된다.

"우리한테도 좋은 날이 오겠지?" 친구에게 너스레를 떨면서도 마음속으로는 '이렇게 또 살아갈 힘을 얻는구나!' 조용히 읊조리는 내 모습 또한 발견할 수 있다.

그리고 생각했다.

지금 이렇게 살아 숨 쉬면서 사계절의 찬란한 풍경을 맞이하고, 사랑하는 사람들과 대화를 나누며 함께 울고 웃는 삶을 누리고 있는 이 순간보다 더 좋은 날이 있을까, 하고.

어쩌면 행운이란 건 우리의 삶에 너무 가까이 존재하고 있어서 눈에 잘 보이지 않을 뿐, 늘 자신을 알아봐 주기를 기다리고 있었는지도 모른다는 생각도 든다.

이 책을 펼친 모든 이들이 페이지를 한 장씩 넘길 때마다 삶을 가득 에워싼 다양한 모양의 행운들을 자주 알아챌 수 있는 시야를 선물 받기를, 자신이 원하는 행운을 거머쥐는 벅찬 순간을 맞이하기를 진심으로 희원하는 마음이다.

차례

5   프롤로그 행운은 우리 옆에 있다

1 장
좋은 날은 조금씩 오고 있어

16   쉬운 삶은 없다
18   가짜 어른, 진짜 어른
19   절대 바뀌지 않는 삶의 진리
20   인생이 잘 풀리고 있음을 알려주는 신호
24   제자리걸음인 사람과 나아가는 사람의 차이
27   불평만 하면 생기는 일들
28   포기할 것이냐, 실패할 것이냐
29   당신의 행복을 결코 포기하지 말길
30   *길을 잃은 것 같아 불안한, 너에게*
31   인생이 잘 풀리는 사람들의 공통점
33   엄마가 주고 간 선물
34   시간이 빠르게 느껴진다는 건
36   인생에서 절대 알 수 없는 것
37   인생이 살아볼 만한 이유
38   마음에 여유가 없으면
40   헛똑똑이가 되지 않기 위해서
43   꼰대에서 멀어지기
46   사람을 무너뜨리는 말들
49   나이가 잘 들어가고 있다는 증거
50   아무리 하찮아도, 내 인생

53   어차피 잘될 사람이란 증거

54   의미를 부여하면 인생은 꽤 버틸 만해진다

56   내 방식이 틀린 건 아니야

58   인생 살맛 난다고 느껴질 때

59   무엇이든 미루는 사람들은

60   하루하루를 튼튼하게 만드는 습관

62   편하게 사는 방법

65   하고 싶은 일을 해야 인생이 덜 억울해진다

66   내 한계를 내가 제한하지 말 것

67   나의 계절을 기다린다

68   인생에서 한 번쯤은 독기를 품어야 할 때가 있다

69   열심히 살고 있다는 증거

70   낭만에 대하여

73   *세상의 불공평함에 문득 화가 나는, 너에게*

2 장
다 정 한 사 람 옆 에 더 다 정 한 사 람

76   모두에게 좋은 사람이 되기를 포기했다

79   어차피 싫어할 사람은 싫어한다

80   인간관계에서 가장 위험한 태도

82   이익은 적고 손해는 큰

83   결국 멀어지게 되는 사람

84   내가 뱉은 말은 그대로 나에게 돌아온다

85   *인간관계에 많은 노력을 기울이는, 너에게*

86   은근히 강한 사람들

89   겉모습이 다가 아니야

91   무례함의 시작점

93   갈등 없이 관계를 잘 유지하는 방법

95   통제가 가능하다는 환상

97   실패 확률 제로의 인맥 관리법

99   끼리끼리 사이언스

101   다정함을 연마하는 사람들

102   절대 해서는 안 되는 말

103   위로를 잘해주는 사람은

104   인간관계 스트레스 덜 받는 법

107   우리가 꼭 챙겨야 할 눈치

108   뒷담화하는 사람보다 더 나쁜 사람

109   침묵의 힘

110   예의 없는 사람들의 특징

112   무례한 사람에게서 나를 지키는 방법

115   최고의 복수

116   *사람한테 실망한, 너에게*

117   꼭 기억해야 할 인간관계 진리

118   만만하게 보이지 않는 방법

122   내공이 단단한 사람

124   남들에게 맞춰주기만 하다 보면

125   당신은 누구보다 잘 들어주는 사람

126   곳곳에 당신의 사랑이 있다

127   놓치면 평생 후회할 사람의 특징

129   예쁜 말을 건네는 기술

130   스트레스를 덜 받는 사람들의 공통점

132   진짜 잘난 사람은 '척'하지 않아도 빛이 난다

133   결국엔 사람, 사랑

134   사람을 가려 만나야 하는 이유

136   헤어질 결심

138   가짜와 진짜 구별하기

139 이상하게 찜찜한 관계

140 관계를 잘 정리하는 방법

144 진짜 내 편인 사람들은

147 사람 보는 안목을 키우는 방법

150 손절만이 정답은 아니다

151 꼭 내 곁에 둬야 할 귀한 인연

152 이런 사람 절대 놓치지 않기

154 마음의 깊이 측량하기

155 기품 있는 어른이 되는 방법

158 내가 듣고 싶었던 말

159 가족이라고 해도 넘지 말아야 할 선이 있다

160 *부모에게 받은 상처로 힘든, 너에게*

161 쉽게 끊어내지 못하는 관계란

163 사랑스러운 사람들의 특징

164 진짜 사랑은 설렘이 지나고 찾아온다

165 '이 사람이다!' 확신이 드는 순간

166 연애를 잘하는 사람들의 공통점

167 마음과 마음을 이어주는 통로

169 *사랑을 하면서도 외롭고 불안한, 너에게*

170 많이 사랑한다고 느끼는 순간

171 사랑하는 사람일수록 지켜야 하는 예의

172 서로 오래 사랑했다는 건

173 사랑이 눈에 보이는 순간들

174 애타게 하는 사람보다 편안한 사람

175 사랑에서의 '갑'과 '을'이란

176 수명이 다한 관계

178 이별을 통해 배우는 것들

180 또 한 번 사랑에 빠지는 순간

181 *사랑하는 사람에게 '척'하는, 너에게*

3 장
예쁜 마음은 예쁜 일을 부른다

184　진짜 행복한 사람은

186　내 가치는 내가 결정해

189　눈치 보며 살 필요 없는 이유

191　나를 사랑하는 첫걸음

194　자존감을 떨어뜨리는 요소

196　자존감을 높여주는 작은 습관들

197　진짜 자존감이 높은 사람은

200　싫어하는 일일수록 가장 먼저 하기

202　내가 봐도 내가 멋있을 때

203　*뒤처지는 것 같아 불안한, 너에게*

204　마음 편하게 사는 방법

207　속이 깊은 사람들은

209　나만의 강점이 되어주는 말

210　예민한 사람에게 하면 안 되는 금지어

212　예민한 사람들의 특별한 능력

215　'괜찮아'라는 말 속에 담긴 진짜 의미

216　강한 신념은 교만으로 이어진다

217　순간의 감정을 참지 못하면 많은 걸 잃고 만다

219　내가 뱉은 독한 말들이 결국 나를 망가뜨린다

221　누군가가 못마땅해 보인다면

224　돌아가고 싶지 않은 순간

225　시간이 약이라는 거짓말

227　*소중한 이를 잃은, 너에게*

228　상처 입은 아이가 어른이 되면

230　나의 결핍들이 지금의 나를 키워냈다

232　당신은 원래 빛나는 사람

233 나의 결함을 마주 볼 용기

234 성공과 실패로 삶이 갈리는 결정적 이유

237 무시해도 좋은 말

238 지쳐 있을 때 듣고 싶은 말

240 다 포기하고 싶을 땐 기억하자

241 전력을 다하면 금방 지친다

244 다시 기운 내는 방법

246 슬플 땐 충분히 슬퍼하기

247 *다 포기하고 싶을 만큼 힘든, 너에게*

248 근사한 하루를 보내는 방법

251 여운이 남는 사람, 자꾸만 생각나는 사람

252 아끼지 않을수록 더 좋은 것들

254 행복한 사람이 되는 방법

257 분위기 있는 사람들의 공통점

258 *오늘도 참 쉽지 않은 하루였지?*

1장

좋은 날은

조금씩
오고 있어

쉬운
삶은

없다

이 사람은 참 편하게 사는 것 같고
저 사람은 고민도 없이 사는 것처럼
보일 때가 있다.

내 삶만 초라하게 느껴져
깊은 고독감에 젖기도 한다.
그러나 누가 내 인생에 대해
함부로 말할 때 불쾌함을 느끼듯

누군가의 단편적인 모습만 보고
저 사람의 인생은 이렇다, 저렇다
논할 수 없다.

그러니, 우리 서로를 바라보며
초라함을 느끼기보단
어여쁨을 느꼈으면 한다.

웃음 뒤에 숨겨둔 말 못 할 사정들과
가슴속에 묵혀둔 아픈 기억을 안고
오늘도 웃으며 살아가는,

나와 타인에 대한
존경을 표하는 마음으로.

가짜
어른,

진짜
어른

어른은 두 가지 유형으로 나누어진다. 나이와 함께 익어가는 어른과 나이만 먹은 채 어른을 흉내 내는 아이.

그 차이는 어디에서 올까 생각하다가, 인생을 다르게 걸어온 두 사람을 보고 해답을 얻었다. 누군가는 자신이 걸어온 길을 수십 번 되돌아보기를 주저하지 않았고, 누군가는 자신이 걸어온 길을 절대 뒤돌아보지 않은 채 앞만 보고 달렸다.

인생을 걸어온 속도와 관계없이 인간은 모두 태어났을 때만큼 연약해진 모습으로 끝내 죽음을 맞이한다. 허무한 삶의 끝을 맞이하기 전에, 세월에 등 떠밀려 살아오다가 성장할 시기를 놓쳐버린 어른아이가 아닌 내가 지나온 길을 뒤돌아보며 반성하기를 두려워하지 않는, 나이와 함께 내면이 깊게 익어가는 진짜 어른이고 싶다.

절대

바뀌지
않는
삶의
진리

1. 사람의 인격은 얼굴에 새겨진다.
2. 자신이 한 행동은 그대로 돌아온다.
3. 친구를 보면 그 사람을 알 수 있다.
4. 인간관계는 양이 아니라 질이다.
5. 실패는 결과가 아닌 과정일 뿐이다.
6. 행복은 나의 선택으로 결정할 수 있다.
7. 고난 뒤엔 반드시 더 좋은 일이 생긴다.
8. 내 인생의 주연은 오로지 '나' 자신이다.

인생이

잘 풀리고
있음을

알려주는
신호

인간의 삶 속에서 행과 불행은 서로 합을 맞춘 것처럼 등장과 퇴장의 타이밍이 절묘하다. 그러한 순간을 정리해 보면,

1. 인간관계가 한꺼번에 정리된다.

내면이 성숙해짐에 따라 가치관도 변화하기 때문에 나와 맞지 않는 사람들은 하나둘 정리가 됐다. 관계가 끊어질 때 마음은 항상 고통스러웠지만 나의 낡은 가치관이 변했고, 새로운 변화가 시작되었다는 기쁜 신호로 받아들이기로 했다.

2. 힘든 일이 연속적으로 일어난다.

힘든 일은 야속하게도 한꺼번에 몰려온다. 이 과정을 어떻게 보내느냐에 따라 사람들의 인생이 조금씩 다른 모습을 띠어가는 것을 발견했다. 포기하고 주저앉은 사람은 그 지점에서 멈춰 섰지만 끝까지 인내한 사람에게는 큰 행운과 보상들이 자연스럽게 따라붙었다.

3. 직업에 대한 회의감이 생긴다.

학교를 졸업하고 적당한 직장에 들어가 월급을 받으면서 점점 회의감이 들기 시작했다. 일을 하면서 더 이상 행복하지 않음을 깨닫는 순간, 삶에 대한 의욕이 저하되고 무기력함을 느끼게도 되지만 다르게 바라보면 이전보다 가치 있는 삶을 위한 도약이 시작되었다는 것을 뜻한다고도 볼 수 있다.

4. 내가 바라는 삶은 무엇인지 깊이 고민한다.

평범한 보통의 사람은 유아기, 학령기, 청년기를 지나 비슷한 모습으로 살아간다. 그런데 문득 이와 같은 패턴에 의문이 들고 깊게 고민하는 때가 찾아온다. 남들이 살아온 그대로 사는 것이 과연 내가 원하는 삶인지, 내가 바라는 삶은 무엇인지 고민해 보는 이 시기를 잘 지나온다면 확실한 삶의 주도권을 갖게 된다.

5. 나만의 꿈을 갖고 싶다는 생각이 든다.

"그게 돈벌이가 되겠냐?", "결혼해야지" 등 그동안 주변의 만류와 사회의 시선을 너무 의식하며 살아온 시간에 대한 억울함이 폭발할 때가 있다. 그리고 이젠 과감하게 나의 '꿈'을 이루고 싶은 마음이 든다. 이럴 때야말로 주변 소리에는 귀를 닫고, 내 마음에서 들려오는 소리에 귀 기울이기 딱 좋은 시기가 찾아온 것이다.

6. 도전해 보지 않은 것을 시도한다.

이루고 싶은 목표와 꿈이 명확해진 사람에게는 생전 해보지 않은 일에 도전해야 하는 어려운 관문이 따라붙는다. 그동안 주저하기만 하며 속절없이 흘려보낸 지난 과거를 떠올리면서 과감히 용기를 내고, 도전해야 한다. 원하는 것을 얻고 마침내 이루어내고 싶다면 말이다.

7. 나를 시기하고 질투하는 사람이 생긴다.

1번에서 6번까지의 시간을 열심히 지나왔다고 자부한다. 치열하게 버티고 일상에 몰입하며 지내오는 동안 나도 모르는 사이에 많은 일이 잘 풀려가고 좋은 인연들도 많이 다가오게 됐다. 이러한 사실을 증명해 주는 것이 바로, 나를 시기하고 질투하는 사람들의 등장이다.

이렇게 삶의 흐름을 정리하고 나니, 보이지 않아 막연하고 불안했던 미래를 살아갈 용기가 조금은 생기는 듯하다.

제자리걸음인
사람과

나아가는
사람의
차이

말로만 인생이 바뀌길 바라는 사람은
갖지 못한 것에 대한 불만만 늘어놓고
간절히 인생이 바뀌길 바라는 사람은
갖지 못한 것을 가지기 위해 노력한다.

말로만 인생이 바뀌길 바라는 사람은
다른 사람의 성공을 우습게만 여기고
간절히 인생이 바뀌길 바라는 사람은
다른 사람의 성공에서 배울 점을 찾는다.

말로만 인생이 바뀌길 바라는 사람은
자신의 처지를 평생 한탄하며 살아가고
간절히 인생이 바뀌길 바라는 사람은
자신의 인생을 조금씩 변화시키며 살아간다.

이 세상에 저절로 얻어지는 것은 없다. 지금의 삶이 만족스럽지 않다면 어리석은 불만은 이제 멈추고 내겐 어떤 아픔이 있는지, 고치고 싶은 습관은 무엇인지, 바라는 삶은 어떤 모습인지 나와 내 환경을 조금씩 바꿔나가면서 원하는 삶에 가까이 다가가 보자.

불평만
하면

생기는
일들

1. 사소한 일에도 짜증이 많아진다.

2. 나만 불행하다고 생각한다.

3. 타인의 성공을 운으로 치부한다.

4. 늘 불만스러운 점에만 초점을 맞춘다.

5. 사람들과의 마찰이 잦아진다.

6. 타인의 아픔은 헤아리지 못한다.

7. 소통이 불가한 이기적인 사람이 된다.

포기할
것이냐,

실패할
것이냐

포기하면 마음은 편하지만 기회를 잃고, 실패하면 마음은 아프더라도 요령을 얻는다.
포기가 잦으면 내가 원하는 것이 무엇인지 헷갈리지만, 실패가 잦으면 내가 원하는 것이 더욱 선명해진다.

실패를 경험하면 인생이 끝났다고 생각하지만, 실패는 넘어지면서도 나만의 요령을 터득해 성공으로 한 걸음 가까이 다가가게 한다.
습관이 된 포기는 성공할 기회, 실패할 기회조차 경험하지 못하게 하므로 인생의 큰 후회만을 남길 뿐이다.

당신의
행복을
　　　　결코
　　　　　　　포기하지
　　　　　　　말길

일할 때 행복하면 일주일이 빼곡히 행복하고
일할 때 괴로우면 일주일 내내 쉬는 날만 기다린다.

일할 때 즐거우면 자진해서 더 많은 일을 해도 웃을 수 있고
일할 때 울적하면 시킨 일만 하는데도 화가 난다.

인생에서 일하는 시간은 많은 비중을 차지한다. 그만큼 일이라는
것은 우리의 하루, 일주일, 인생 전반에 큰 영향을 미친다. 일하는
시간이 아깝고 괴롭다면 한 번뿐인 인생을 낭비하고 있는 것은 아
닌지 깊이 생각해 봐야 한다. 오랫동안 이상과 현실을 타협해 나가
야 하는 수고로움을 감당하더라도 당신의 하루가 행복해지고 당신
의 삶이 행복해지는 길을 결코 포기하지 않았으면 한다.

길을
잃은 것 같아

불안한,
너에게

가끔 길을 잃은 것처럼 불안해질 때가 있죠? 괜찮아요. 이왕 길을 잃은 김에 잠시 쉬었다 가요, 우리. 당신이 걸어가는 길 옆에 왠지 더 행복해 보이는 사람이 있더라도 불안해할 거 없어요. 그 길은 내 길이 아니라 그 사람만의 길인걸요. 자꾸만 다른 사람의 길에 머무는 시선을 거두고 내 길 위에 굳건히 버티고 있는 나를 더 바라봐 주세요. 그리고 내 길가에 예쁜 꽃을 한 송이씩 심으며 나만의 속도로 걸어가다 보면 어느새 꽃길을 걷고 있는 당신을 발견하게 될 거예요.

인생이

잘 풀리는

사람들의

공통점

1. 인생에 대한 고민을 많이 한다.

2. 자신을 객관화하여 성찰할 줄 안다.

3. 맡은 역할에 충실하려고 노력한다.

4. 사람을 대할 때 최대한 예의를 갖춘다.

5. 작은 일에도 감동하고 감사해한다.

6. 호의를 받으면 몇 배로 보답한다.

7. 외부 영향에 흔들리지 않고 소신을 지킨다.

8. 실패를 계기로 삼고 다시 나아간다.

과거는 되돌릴 수 없고
미래는 예측할 수 없으니
지금 이 순간을
꼭 붙잡고 사랑해야지.

엄마가
주고 간

선물

엄마가 돌아가신 지 17년이 되었다. 엄마 이야기가 나오면 여전히
많은 이가 눈물짓고, 엄마와 닮은 나를 보면서 엄마와의 추억을 곱
씹고 그리워한다. 엄마는 대체 어떤 사랑을 나누며 살았길래 아직
도 사람들에게 기억되고 회자되는 건지….

누군가에게 원한을 사서 살아 있음에도 죽은 삶을 사는 사람이 있
는 반면, 죽음을 맞이했어도 사람들 기억 속에서 오랫동안 살아 숨
쉬는 사람도 있다는 걸 엄마를 보며 느꼈다. 나 역시 죽음의 의미를
퇴색시킬 만큼 누군가에게 좋은 기억을 남길 수 있는 영원한 삶을
꿈꾸게 되었다.

이젠 비록 만질 수 없고 볼 수도 없지만 엄마는 늘 내게 말해주고
있다.
"지금, 이 순간을 놓치지 말고 후회 없이 살아가"라고.

시간이
빠르게

느껴진다는 건

빠르게 흐르는 세월에 마음이 바빠진다.

요즘 들어 삶의 모든 시간이
빠르게 흘러가는 것처럼 느껴진다.

새로운 마음으로 새해를 맞이했는데
한 해가 몇 달밖에 남지 않았고

마음은 어릴 때와 별반 다르지 않은데
내 나이에 내가 놀라곤 한다.

어렸을 때도, 어른이 되었을 때도
좋아하는 일을 하고 있을 땐
시간이 빨리 흐른다고 느꼈다.

한 살씩 나이를 먹어갈수록
인생이 빠르다고 느끼는 걸 보니

이제야 난,
살아 있는 모든 순간을
사랑하게 됐나 보다.

인생에서

절대

      알 수 없는

      것

1. 사람의 마음.
2. 앞으로의 내 인생.

사람의 마음과 앞으로의 내 인생은 아무도 알 수 없고 누구도 예측할 수 없다. 내 마음과 인생에 대해 왈가왈부하며 부정적으로 논하는 사람이 있다면, 그들의 말에는 조용히 귀를 닫고 내 마음에 가만히 귀 기울여보자. 그러면 내가 원하고 바랐던 지점에 가까워지고 있는 자신을 발견하게 될 것이다.

인생이

살아볼 만한
이유

인생이 살아볼 만한 이유는 아무리 출발선이 다르다 해도, 간격을 줄이는 것이 쉽지 않다 해도, 누군가가 한 행동에는 반드시 대가가 따르기 때문이 아닐까. 내가 공을 들이고 노력하면 인생은 내게 기회를 준다. 남에게 상처를 주면 그 상처는 꼭 몇 배로 다시 돌아오고, 온정을 베풀면 그 마음 또한 몇 배로 큰 행운이 되어 내게 돌아온다.

이 간단하고 명확한 인생의 법칙을 깨닫고 난 후에는 내 인생의 행운을 만드는 건 나의 선택과 태도라는 것을 매 순간 기억하며 살아가려 한다.

마음에
여유가
없으면

일이 잘 풀리지 않고 마음이 괴로웠을 때의 나는 세상에서 내가 가장 힘들고 내 인생이 가장 안타깝다고 생각했다.

지금 와 생각해 보면 그때의 난 세상을 바라보는 시야가 매우 좁았다. 내가 가진 불행만 뚫어져라 바라보고 불행에만 무게를 두고 살다 보니, 주변 사람들의 배려와 사랑이 불완전한 나를 채워주고 낯선 이들의 온정이 나의 하루를 완성해 준다는 사실을 전혀 알아차리지 못했다.

어리석은 과거를 깨닫고 난 뒤에는 불행 속에서 마음의 여유를 빠르게 확보할 수 있게 되었다. 그래서 이젠 불행이 찾아오면 최대한 빨리 털어내려고 한다. 불행에 취해 있으면 이기적인 태도가 강화되고 내 하루에 당연하게 스며든 행복들과 멀어진다는 사실을 알게 되었으니.

헛똑똑이가

되지 않기
위해서

책을 많이 읽는다고 해서
모두 똑똑하고 지혜롭지는 않다.

책을 많이 읽는다는 것을
하나의 훈장처럼 여기고

책을 멀리하는 사람을 우습게 바라보는
사람들의 태도를 보면서,

책을 제대로 흡수하지 않고 있음을
방증하고 있다고 생각했다.

단 한 권을 읽더라도,
책 속에 담긴 가벼운 문장조차

자신을 비추는 거울로 삼고 끊임없이
어리석은 자신을 똑바로 마주할 줄 아는
용기 있는 사람.

굳이 책이 아니더라도
자신이 지닌 틀을 깨기 위해
쉬이 흐르는 일상을 붙잡고
삶에 대한 탐구를 멈추지 않는 사람.

이렇게
자신의 자리에서 자신만의 방식으로
인생에 마음을 다하는 멋진 사람들의 모습을

섣부른 수식어를 붙여
쉽게 판단해 버리면 알지 못한다는 것이
얼마나 슬픈 일인가.

꼰대에서

멀어지기

1. 말하기보단 경청하자.

경험하는 것이 하나씩 늘어갈수록 가치관이 확고해지면서 내 생각
을 정답처럼 내세우게 된다. 그러나 내 생각이 다른 사람에게까지
정답일 수는 없다. 생각을 강요하는 말하기가 아닌, 상대방을 존중
하는 경청의 기술이 필요하다.

2. 대우받기 전에 대우해 주자.

나보다 어린 사람들이 생기기 시작하면 '인사'와 같은 기본예절에
예민해진다. "요즘 애들은 참…", 혀를 차며 상대를 나무라기보다
상대방에게 먼저 예의를 갖춰서 행동으로 보여주자. 그럼 현명한
태도를 알아보는 이는 당신을 존경하고 따를 것이다.

3. 내가 싫었던 일은 대물림하지 말자.

사회초년생 때 나를 힘들게 하던 선배와 어른을 꼭 한 명씩은 만나 보았을 것이다. 그들의 어리석은 태도에 고통스러웠다면 나의 후배와 아랫사람들에게는 그들과 반대로 따뜻하고 든든한 진짜 어른의 모습으로 다가가자. 그것만이 지독한 관습의 대물림을 끊을 수 있는 유일한 방법이다.

4. 계속해서 세상을 배우자.

세상은 계속해서 변화한다. 과거에 경험한 것만 좋다고 여기는 태도는 고리타분한 사람이 되는 지름길이다. 어떤 연령대와도 소통이 가능할 만큼 사고를 확장하면서 배울 수 있는 많은 기회를 그냥 흘려보내지 말자.

나이만 많은 어른이 아니라 속이 꽉 찬 사람이 되고 싶은 당신이라면 자신의 나이와 경험을 훈장처럼 여기지 말고, 타인의 말에 더 귀 기울이고, 더 여유로운 마음과 유연한 사고로 남은 인생을 멋지게 영위해 보는 건 어떨까.

사람을
무너뜨리는

말들

사회생활을 시작했을 무렵
자연스럽게 오가는 대화 속에서
좌절감을 느낀 적이 많았다.

"고향 자주 가?"
"자주 안 가면 엄마가 보고 싶어 하지."
동료끼리 자연스럽게 주고받는 대화였으나

당연하게 묻는 그 말에,
불안정했던 가정과 돌아가신 엄마를 숨기며
밝게 이야기하려 애썼다.

흔들리는 마음을 부여잡고
애쓰던 나를 보면서,

내겐 별것 아니더라도
누군가의 인생을
무너뜨릴 수도 있는 것이
'말'이란 걸 깨달았다.
그리고 다짐했다.

내 입 밖으로 나오기 전에
최대한 말을 고르고 골라서,

아픈 구석 하나쯤
품고 사는 여린 사람들을
무너지게 하는 사람이 아닌
지켜주는 사람이 되겠다고.

나이가 잘 들어가고 있다는 증거

1. 마음이 편안한 관계를 소중히 여긴다.
2. 잘 맞는 사람을 알아보는 안목이 있다.
3. 혼자 있는 시간을 안정감 있게 보낸다.
4. 보통의 일상에 감사함을 느낀다.
5. 미워하던 모든 것들을 용서하고 있다.
6. 꽃을 보면 발걸음을 멈춰 미소 짓는다.
7. 사랑하는 이의 뒷모습이 눈에 밟힌다.
8. 삶이 너무 빠르게 흐른다고 느껴진다.

아무리
하찮아도,
내 인생

사회초년생 시절부터 20대 후반이 될 때까지 나는 지지리 운이 없는 사람이라고 생각했다. 가는 곳마다 일이 넘쳤고 부당한 사건도 참 많이 겪었다. 그때를 떠올리면 다시 돌아가고 싶지 않다고 줄곧 말해왔는데, 다시 생각해 보니 그 당시 억울하고 힘들어서 밤새 울며 고생했던 날들이 지금의 나를 편안하게 해주는 노하우가 되었다는 사실을 인정할 수밖에 없다.

지금은 시간이 한참 흐른 뒤에야 그때의 가치를 알게 된 게 아쉬울 뿐이다. 지독히 힘들었던 일도 작은 조각이 되어 인생을 완성해 준다는 사실을 알고 있었더라면 힘들어하면서도 끝까지 버텼던 지난날의 나에게 따뜻한 말 한마디 건네는 여유를 가졌을 텐데….

이를테면,

"요즘 너무 힘들지?"
"우리 같이 하루하루 잘 버텨보자."
"다 잘될 거야."

이런 진부하고 흔한 말들 말이다.

인생의 여정은 저마다 다르지만 그 끝은 모두 비슷하다.
주어진 하루를 소중히 사는 것만이
인생을 행복하게 누릴 수 있는 최선이 아닐까.

어차피

잘될

사람이란

증거

1. 하루하루 열심히 살아간다.

2. 힘든 일이 생겨도 남 탓하지 않는다.

3. 문제를 해결하기 위해 노력한다.

4. 배려와 사랑을 받으면 보답하려 한다.

5. 어떤 상황에서든 겸손과 지조를 지킨다.

6. 자신의 미래를 긍정적으로 그린다.

7. 잘될 사람임을 스스로 확신한다.

의미를
부여하면

인생은
꽤 버틸 만해진다

인생이란 무엇인지, 나는 왜 태어났는지 정답을 찾으려 애쓰던 시
절이 있었다.

가늠할 수 없는 방대한 우주와 세상 그리고 삶의 의미를 파악하기
가 불가능하다는 사실을 깨달은 순간, 인생이란 애초에 거창한 의
미가 있는 것이 아니라는 걸 알았다.

바다, 꽃, 나무가 응당 그러하듯 인간 또한 자연에 포함된 생명체로
세상에 자연히 존재하게 된 것일 뿐 인생에 대한 의미는 삶을 선물
받은 이가 찾아가고 발견하여 부여해 나가는 것이다.

내가 존재하게 된 의미, 내가 살아갈 이유를 하나씩 붙이다 보면 인생은 꽤 아름다워 보인다.

그래서 꽤 버틸 만해진다.

내
방식이
틀린 건
아니야

연말이 다가오면 곧 늘어날 나이의 무게만큼 걱정이 많아지기 시작한다. 딱히 거창하게 이룬 것도 없이 나이만 많아진 나를 보면 마음이 조급해진다. 하나둘씩 자리를 잡아가는 친구들에게 축하의 말을 건네면서도 마음 한구석에서는 불안함이 가시질 않는다. '내가 너무 뒤처진 걸까?', '이게 맞는 걸까?' 나에게 건네는 질문이 계속될수록 그 질문에는 뾰족한 날이 세워지고 내 자신감, 자존감에 파고들어 상처를 입힌다. 이 상처가 돌이킬 수 없을 만큼 깊어지기 전에 우리는 서둘러 생각해야 한다.

인생에는 정답이 없다는 것을. 그리고,
다른 사람과 내가 살아가는 속도와 방향이 다르다고 해서 내가 지금 살아가고 있는 모습과 방식이 틀린 건 아니라는 사실을.

인생

　　살맛

　　난다고

　　　　느껴질 때

1. 향긋한 커피를 마시며 하루를 시작할 때.

2. 일 끝내고 맛있는 음식을 먹을 때.

3. 좋아하는 드라마나 영화를 감상할 때.

4. 내가 듣는 음악과 풍경이 딱 어울릴 때.

5. 샤워를 마치고 침대에 누웠을 때.

6. 사랑하는 사람들과 함께할 때.

7. 다 포기하고 싶은 순간 좋은 일이 생길 때.

무엇이든

미루는

사람들은

무언가를 계속 미루고 미루다 시작하는 사람들은,

게으르다고 자책하지만 그들은 그 누구보다도 자신이 맡은 일에서 좋은 결과를 만들고 싶어 하는 뜨거운 열정을 가슴속에 품고 있다. 그들은 남들보다 책임감과 부담감을 몇 배로 더 크게 느끼고 시작하겠다는 마음을 먹는 데 오래 걸릴 뿐 '게으른 사람'이라고 섣불리 판단할 수 없다. 계속해서 미루다가 시작하는 자신을 게으른 사람이라고 단정 지으며 또다시 자책하지 말고 그저 '나는 시작하기 전까지 마음을 다잡는 발돋움의 시간이 충분히 필요한 사람'이라고 너그럽게 이해해 주며 '완벽하지 않아도 괜찮아'라고 독려할 줄 아는 내가 되자.

하루하루를

튼튼하게
만드는

습관

좋은 습관을 들이려다가 매번 실패하기 일쑤였다. 그러다 매일 글을
쓰기 시작하면서 처음으로 없던 습관을 정착시키는 데 성공했다.

작은 습관을 하나씩 성공시키다 보니
이것이 동력이 되어

실패하더라도 끊임없이
또 다른 습관을 시도해 볼 수 있었다.

아주 작은 일로 여겨지는 것들을
매일 실행하게 되면

무슨 일에든 자신감이 생기고
자신을 향한 믿음이 생겨
자존감 또한 탄탄해진다.

거창한 목표보다도
아침에 물 마시기, 10분 책 읽기, 스트레칭 등
작은 습관 하나하나가 모여
내 삶을 견고하게 한다.

편하게 사는 방법

1. 단순하게 생각하기

꼬리에 꼬리를 무는 생각을 이어가다 보면 '저 사람은 무슨 의도로 말한 걸까?'라며 혼자 시나리오를 쓰는 경지에 이른다. 너무 깊이 생각하지 말자. 눈에 보이는 대로 받아들이고 단순하게 생각하면 꼬인 일도 쉽게 풀린다.

2. 미리 걱정하지 않기

걱정이 지속되면 불안함이 생겨난다. '불안함'이란 감정은 많은 걸림돌을 만들어낸다. 순조롭게 해결될 일이 걱정과 불안으로 큰일이 되는 경우가 많다. 벌어지지 않은 일을 걱정하기 전에 지금 할 수 있는 일에 더 집중하자.

3. 다른 사람의 말에 휘둘리지 않기

나를 향한 무례한 말 혹은 지나치게 달콤한 칭찬에 휘둘리면 내 감정의 주도권은 타인이 쥐게 된다. 즉 내 기분이 상대의 말에 좌지우지되는 일이 많아지는 것이다. 다른 사람이 어떤 말을 해도 휘둘리지 않아야 인생을 지킬 수 있다.

4. 미워하는 사람 만들지 않기

상대를 향한 질투와 시기가 열등감을 만들어낸다. 누군가를 습관적으로 헐뜯으려 하는 사람은 타인을 미워하는 일이 점점 쉬워진다. 사람을 미워하면 내 마음에도 악한 마음이 싹트기 시작하고 나중엔 마음이 미움에 지배당해 삶이 고통스러워진다.

5. 너무 힘주어 가지 않기

원하는 꿈과 목표가 있는 건 좋지만 그것을 이루는 데에만 몰두하면 쉽게 지친다. 그리고 건강, 사람, 추억 등 소중한 것을 놓칠 수 있다. 너무 힘주어 달려가기보단 주변을 둘러보며 여유롭게 걸어가는 방법을 터득해 보자.

'인생' 자체가 희로애락을 품고 있기 때문에 편하게만 살 수는 없다. 그렇지만 내게 닥친 희로애락을 어떤 태도로 맞이하느냐에 따라 인생이 더 편해질 수도, 불편해질 수도 있다. 이왕 태어나 살아가야 하는 인생, 마음과 태도를 다잡으며 조금이라도 편안해질 수 있도록 주도해 보자.

하고 싶은
일을 해야

인생이
덜
억울해진다

하고 싶지 않았던 일과 간절히 하고 싶었던 일. 둘 다 쉽지 않고 힘든 건 비슷하다. 그러나 가장 큰 차이는 내 마음가짐에 있었다. 하기 싫은 일을 해야 했을 땐 퇴근 시간, 휴일만을 바라보며 살았다. 야근이라도 하게 되면 온갖 불만이 쌓이고 억울한 마음이 들었다. 하지만 정말 하고 싶었던 일, 내가 잘할 수 있고 좋아하는 일을 하는 지금은 똑같이 지치고 힘이 듦에도 억울한 마음은 들지 않는다. 하고 싶은 일이기 때문에, 누군가의 강요가 아닌 자발적으로 움직이고 생각하고 성장할 수 있는 일을 하고 있다는 사실에 오히려 감사함을 느낀다. 어떤 일을 하든 고통은 따른다. 비슷한 고통을 겪는다면 좋아하는 일을 하며 억울하지 않은 인생을 사는 것이 이곳에 잠시 머물다 떠날 나에게 행복을 주는 길이라 확신한다.

내
한계를

내가
제한하지
말 것

문득 내 모습을 보면서 '난 언제까지 이렇게 살까?'라는 한탄을 하게 된다. 남들보다 한참 뒤처진 것만 같은 나의 상황이 나아질 기미가 보이지 않아 자꾸만 낙담하게 된다. 낙담이 습관이 되면 내 한계는 정말 내가 생각한 딱 거기까지가 되고 만다. 반면 지금 내가 기울이고 있는 노력과 헤쳐나가고 있는 많은 일은 훗날 더 많이 웃기 위한 과정일 뿐이라고 마음을 다독이며 나아간다면 머릿속으로만 그려왔던 찬란한 미래가 현실이 되어 나타날 것이다. 지금의 내 모습이 앞으로의 내 모습은 아님을 깨닫고 나의 한계를 섣불리 단정 짓지 말자.

나의

계절을

기다린다

어깨를 나란히 하고 함께 자라온 친구들이 하나둘 자리를 잡고 성공 가도를 달리는 모습을 보면 내 일처럼 기쁘고 행복하다가도 말로 설명하기 어려운 묘한 감정이 치솟았다. 그리고 그와 더불어 진정으로 축하해 주지 못하는 못난 내 모습에 자괴감에 빠지기도 했다. 그때는 알지 못했다. 작은 씨앗에 불과하던 꽃들도 아름다움을 뿜내는 시기가 모두 다르듯 지금의 나는 비록 작고 보잘것없을지라도 아직 나의 계절을 만나지 못한 것일 뿐, 나 역시 꽃은 꽃이라는 사실을.

인생에서
한 번쯤은

독기를 품어야 할
때가 있다

첫 책을 집필할 때 심리 치료를 병행했었기에 마음 앓이가 심했다. 그때 그 시기를 버틸 수 있었던 건 '나'와 우리 가족을 멸시했던 한 어른 덕분이었다. 오래 방관했던 상처들을 토해내듯 글을 쓰면서 눈물이 나고 감정이 흔들릴 때마다 "얼굴이 너무 어둡다", "걔랑 만나지 마"라고 조롱 섞인 조언을 건네던 그 어른의 얼굴을 떠올리며 마음을 다잡았다. '난 당신 같은 어리석은 어른에게 평가받을 사람이 아니다'라는 것을 증명해 내고 말리라, 독기를 품고 모니터를 응시하며 2년간 원고를 채워나갔다. 이제 와 돌이켜보면 나를 조롱하고 멸시했던 그 사람은 내 삶에서 먼지도 안 되는 아주 작은 존재에 불과했다. 하지만 이 경험을 통해 어떤 시기에는 그런 어둡고 끈적한 감정을 붙잡고 터널을 지나와야 함을 알게 되었다. 내가 빛 속으로 걸어 나오려면 그 무엇이든 붙잡고 버텨야 한다는 사실을.

열심히

살고 있다는

증거

1. 스스로에게 엄격하다.

2. 자신의 부족한 부분을 잘 알고 있다.

3. 타인을 두고 함부로 이야기하지 않는다.

4. 누군가의 성공에 가려진 노력을 알아본다.

5. 자신을 아끼듯 남을 아낀다.

낭만에
대하여

나는 낭만 있는 삶을 살았는가,
낭만을 놓친 삶을 살았는가.

사계절의 찬란한 풍경을 온전히 보았는가,
고개를 떨군 날이 많아 미처 볼 수 없었는가.

사랑하는 사람에게 얼마나 다정히 말했는가,
날 선 말들로 상처를 준 건 아니었는가.

내게 주어진 귀한 하루를 애틋하게 여겼는가,
익숙함에 취해 하찮게 여기진 않았는가.

나는 나에게 얼마나 친절했는가,
남보다 나를 더 소홀하게 대하진 않았는가.

낭만 있는 삶을 꿈꾸었던 지난 시간을 떠올리고 반성하고 사랑하고
매듭지으며 현실에 매여 놓쳤던 순간순간의 낭만을 다시 한번 챙겨
본다. 더 충만할 내일을 위하여.

세상의
불공평함에
　　　문득
　　　화가 나는,
너에게

어릴 때 화목한 가정을 보며 '왜 나는 이런 환경에서 태어난 걸까'라는 생각을 끊임없이 반복했어요. 어른이 되어서도 힘든 순간을 만나면 원망은 계속됐어요. 내가 선택하지 않았던 일들에 내 인생이 발목 잡히는 것 같아서 가족을 원망하고 세상을 원망한 날도 참 많았어요. 그런데 원망은 짙어져 갔지만 불공평하게 느껴지는 세상을 바꾸기 위해 내가 할 수 있는 일이 아무것도 없더라고요. 시린 현실을 받아들이고 나니 제가 할 수 있는 일들이 하나씩 보이기 시작했어요. 그리고 제가 할 수 있는 일들에 마음을 다하며 살다 보니 감사하게도 이젠 누군가가 필요로 하는 능력을 갖춘 사람이 되었다고 느낄 때가 많아졌어요. 세상을 향한 분노를 그대로 남겨두지 말고 포기하고 싶은 순간이 와도 버티고 견디게 하는 원동력으로 삼았으면 해요.

2장

다정한
사람 옆에

더
다정한
사람

모두에게

좋은 사람이
되기를
　　　　포기했다

모든 사람과
잘 지내는 것을 포기하면
인생이 편해진다.

누구나 많은 사람에게
좋은 사람이 되고 싶어 한다.
그러나 마음은 그렇지 않은데
겉으로는 이해하고 배려하면서

억지로 관계를 이어가는 것이
과연 누굴 위한 일인가를
생각해 볼 필요가 있다.
나는 마음이 맞지 않는 누군가의

비위를 맞추면서까지
다시 오지 않을
내 인생의 소중한 시간을
낭비하고 싶지는 않기에,

사랑하는 사람들과
같은 기억을 쌓으며
더 행복해지고 싶기에

모든 사람에게
좋은 사람이 되는 것을
포기했다.

어차피

싫어할 사람은

싫어한다

내가 어떤 행동을 해도 나를 싫어할 사람은 싫어하고 응원해 줄 사람은 응원한다. 모든 사람의 비위를 맞추면서 마음 졸이며 사느니 누군가에게 미움을 받더라도 내가 하고 싶은 말, 하고 싶은 것, 당당하게 하면서 한 번뿐인 인생 나답게 살자.

인간관계에서

가장 위험한
태도

연애나 친구 관계로 고민하는 사람들이 착각하는 한 가지는, 내가 상대방의 단점을 바꿀 수 있다고 생각한다는 것이다. "사람은 고쳐 쓰는 것이 아니다"라는 유명한 말처럼 인간은 스스로 뼈저리게 뉘우치고 반성한다 해도 오래도록 몸에 밴 습관을 변화시키기는 매우 어렵다.

그러나 이러한 사실을 알고 있음에도 잘해주는 상대방의 모습에 또다시 마음이 흔들리고 관계에서 냉정함을 잃게 된다면 그땐 내 마음을 깊이 살펴야 한다.

매번 나를 아프고 힘들게 할 만큼 상대가 치명적인 단점을 가졌음에도 관계를 정리하지 못하는 것은 단순히 그 사람이 좋아서가 아닌, 누군가를 잃을지 모른다는 불안함과 내가 버려질 것 같다는 두려움이 원인일 수 있기 때문이다.

그 원인이 과거 부모와의 관계에서 충족되지 못한 애착에 있는지 아니면 약해진 자존감의 문제인지, 내 마음을 이리저리 탐구하는 시간을 갖고 나에게 끊임없이 질문을 던져야 한다. 나를 향한 질문들은 우리와 연결된 많은 인간관계를 안정적으로 이끌어주는 현명한 방법이자 다양한 관계 속에서 나를 지키는 가장 확실한 방법이다.

이익은
적고

손해는
큰

함께 조율해 일을 해결해야 하는 상황에서 줄곧 자신의 이익만 따지는 사람을 보며 생각했다. 티끌만큼도 손해 보지 않으려는 사람은, 자신이 손해를 피하고 이익을 보았다고 느낄 수 있겠지만 사실 길게 보면 함께하는 사람들에게 신뢰를 잃을 뿐 아니라 배려와 인내를 배울 기회 또한 놓치면서 가장 많은 것을 잃은 사람이 된다는 것이다.

그 이후로 나는 다짐했다. 매사에 내 이익만 고집하며 결국 다 잃어버리는 사람이 되기보다 어느 정도 손해를 감수하더라도 인내, 협력, 포용을 배울 기회를 얻는 인간으로서 살아가겠다고.

결국

멀어지게 되는
사람

1. 필요할 때만 찾는 사람.

2. 자기 말만 하는 사람.

3. 바라기만 하는 사람.

4. 불평만 늘어놓는 사람.

5. 배울 점이 없는 사람.

6. 함께 있으면 불편한 사람.

내가 뱉은

말은

그대로
나에게 돌아온다

타인에게 상처 주는 말을 서슴지 않고 뱉는 이는 쿨하고 멋진 사람이 아닌, 자신의 감정을 누군가에게 배설해야지만 숨을 쉴 수 있는 위태롭고 안쓰러운 존재이다. 이들은 남에게 상처를 주지 않으면 자신의 감정에 파묻혀 괴로운 마음으로 살아가기 때문에 비난과 인격 모독을 통해 다른 사람의 마음에 생채기를 내며 자신의 생명을 연장해 나가는 것이다. 그러나 이들의 앞날은 무서울 만큼 똑같은 모습을 보인다. 자신이 뱉은 말들이 여러 사람의 마음에 원한으로 남을 줄은 꿈에도 모른 채 살아가다가 지은 죄를 그대로 돌려받으며 고통스러운 시간을 맞이한다. 이 글을 읽으면서 누군가가 떠오르고 상처받은 기억이 되살아난다면 어차피 그 사람은 나 말고도 많은 이들에게 원한을 사며 고독한 길을 걸어가고 있을 테니, 그들을 떠올리며 너무 아파하지 않아도 괜찮다고 말해주고 싶다. 그리고 당신 마음에 자리 잡은 상처와 고통 위에 얼른 새살이 돋아 더 행복해지기를 바란다.

인간관계에
많은 노력을 기울이는,

너에게

인간관계에 많은 신경을 쓰고 스트레스를 받는 당신은 유별난 것이 아니라 그 누구보다 더 조화롭게 살기 위해 노력하고 관계에 최선을 다하는 사람이에요. 그러나 관계에서 가장 중요한 것은 '나의 행복'이에요. 내가 힘겹게 이끌어가야지만 유지되는 관계라면 인연의 끈을 놓는 순간 언제든 그 관계는 끝이 난다는 것을 의미하죠. 내 행복을 잃으면서까지 애써야 하는 관계는 결코 나에게 좋은 영향을 주지 않는다는 것을 당신이 꼭 기억해 주었으면 해요. 그리고 앞으로 당신이 사람 때문에 한숨짓는 날보다 미소 짓는 날이 더 많았으면 해요.

은근히
강한
사람들

겉으로는 순해 보이지만
은근히 강한 사람들은,
한번 마음이 돌아서면

따뜻하고 선했던 인상이
냉철하게 바뀌어
전혀 다른 사람이 된다.

그들은 평소에
자신이 할 수 있는 만큼
최대한 상대방을 배려하지만

상대가 선을 넘어
도가 지나친 행동을 하면

매우 냉정하게 반응한다.

그들의 단호한 태도는
선의를 당연하게 여기는 사람들에게
'아닌 것은 아니다'라는
의미를 분명히 전달하기 위함이고

자기 자신을 지키는
나름의 방법이기도 하다.

웃음이 밝은 사람일수록
한번 마음이 돌아서면
영영 돌아오지 않는
사람이라는 것을 기억하자.

겉모습이

다가   아니야

겉으로 보기에 마냥 밝은 사람이라고 해서
밝은 사람이라 정의 내리고

조용해 보인다고 해서
조용한 사람이라 단정 짓는 일은
무례한 짐작을 초래한다.

그래서 사람을 알아갈 때는
눈에 보이는 대로 믿지 않는다.

어떤 삶을 살아왔는지,
어떤 생각을 자주 하는지

그 사람을 오래도록 지켜보고
입체적으로 살피려고 한다.

나와 더불어 이 세상에
간단히 설명되는 사람은
없다는 걸 알기 때문에.

무례함의
시작점

무례함을 판단하는 기준은 사람마다 모두 다르겠지만 인간관계에서 무례함은 누군가의 지극히 사적인 영역을 쉽게 언급하고 평가하는 경솔한 태도에서부터 시작된다.

우리 모두의 마음속엔 저마다 말 못 할 사연과 고민, 아픔 같은 쓰라린 부분들이 자리 잡고 있다. 이 쓰라린 마음은 아무리 내가 지켜내려 해도 누군가 농담이라며 가볍게 던진 말 한마디에도 쉽게 무너져 버리고 만다.

겉으로 털털해 보이고 강해 보여도 한없이 여린 마음을 가진 것이 사람이다. 여린 마음을 소유했음에도 인간이 이렇게 오랜 시간 생존할 수 있었던 것은 혼자가 아닌, 함께였기 때문이다. 개인의 사적인 영역을 침범하며 마음에 상처를 내는 관계보다 서로의 영역을 때론 모르는 척 지켜주기도 하는 그런 예의가 깃든 관계가 더 많아졌으면 좋겠다.

**갈등 없이
관계를**

**잘 유지하는
방법**

1. 오해는 쌓아두지 않기

사랑하는 사람에겐 감정이 앞설 때가 많다. 그래서 기대하는 바가 많아지고 작은 부분에도 서운함을 느껴 오해가 쌓이곤 한다. 아주 작은 부분일지라도 솔직하고 부드럽게 대화를 나누면서 오해는 그때그때 유연하게 풀어야 한다. 작은 부분도 이해하지 못하는 내가 유치하게 느껴질 때가 많다. 그러나 이건 유치한 일이 아니다. 사랑하기에 충분히 서운할 수 있는 일이다.

2. 상대방을 바꾸려고 하지 않기

어떤 관계든 나와 다른 누군가를 온전히 받아들이고 이해하는 건 무척 어려운 일이다. 아무리 내 생각과 기준이 명확하다 하더라도, 나와는 다른 사람이라는 것을 인정해야 한다. 함께하기로 결심할 만큼 내게 소중한 사람이라면 당장 이해가 어렵더라도 일단 존중하는 마음을 가지려고 노력해야 한다.

3. 당연한 사람이라 생각하지 않기

처음엔 말 한마디도 조심스럽게 건넸던 사람인데, 오래 알고 지내다 보면 말이 거칠어질 때가 많아진다. '편한 사람이니까', '날 이해해 줄 사람이니까'라는 그 사람에 대한 안일함을 경계해야 한다. 말한마디를 할 때도 상대를 배려했던 그때를 떠올리며 배려와 다정함이 일상이 되도록 노력해야 한다. 당연함에 익숙해지는 순간 많은 것을 잃게 된다.

이 세상에 저절로 얻어지는 것은 없다. 사람의 마음은 더욱더 그렇다. 처음엔 열성을 다해 마음을 얻었다 하더라도 어느 순간 소홀해지고 소중함을 망각한다면 그 사람의 마음은 한순간에 떠나버리고 만다. 곁에 있는 사람들을 내 인생에 찾아온 손님이라 생각하며 오래도록 아껴주어야 함을 매 순간 기억하자.

통제가
가능하다는
환상

관계가 틀어지거나 더 이상 보고 싶지 않은 인연들을 진짜 정리하려면 육체가 멀어지는 것뿐 아니라 다양한 소셜 미디어와 메신저에서도 흔적을 지워야 했다. 그래서 마음을 다할 사람이 아니면 정원에 있는 잡초를 제거하듯 친구 목록에서 그 사람을 차단하고 대화방을 나오는 등 관련 있는 모든 흔적을 깨끗하게 정리해야 마음이 편해졌다.

내 사람이 아닌 이를 군이 울타리 안에 둘 필요가 없다고 생각하기 때문에 한번 인연을 정리하면 완벽하게 하려고 든다. 이러한 사고로 살다 보니 매번 내 기준에서 아닌 사람을 관계의 울타리 밖으로 정리하는 것에 너무 많은 시간과 에너지를 쏟고 애를 쓰는 내가 보였다. 또 내가 아무리 깨끗하게 관계를 정리한다 해도 다른 형태의 고민을 안겨주는 사람은 계속해서 생겨난다는 것을 알았다.

인간관계를 하나의 큰 정원이라고 보면 내가 조금 더 마음이 가는 꽃도 있고, 조금씩 시들어가는 꽃도 있으며 뽑아도 계속 나는 잡초도 있고 잠시 왔다 가는 나비도 있다. 우리의 인생이 그렇듯 인간관계도 완벽하게 내가 통제할 수 있는 것이 아님을 인정하고 난 후에야 내 관계의 정원을 채워주는 꽃, 흙, 돌, 잡초, 나비를 너그럽게 바라볼 줄 아는 마음의 공간이 생겨났다.

실패 확률

제로의

인맥

관리법

주변에 좋은 사람들이 가득한 친구를 동경한 적이 있었다. 그래서 한때 사람들과의 관계를 유지하기 위해 의무적으로 연락하고 만나려 노력했다.

그러다 어느 순간 이렇게 의무적이고 무리한 노력은 무의미한 인맥 관리일 뿐이란 생각이 들었고 마음에 없는 사람에게 쓰던 에너지를 내 인생을 살아가고 가까운 사람을 더 챙기는 데 사용했다.

분산됐던 에너지를 내 삶에 쏟으며 살아오다 보니 내가 의도하지 않았음에도 주변에 좋은 인연들이 점점 많아지게 됐다.

열심히 사는 사람, 선한 마음을 가진 사람, 노력을 좋은 결과로 만들어 내는 사람에겐 저절로 사람이 따르기 마련이다.

이젠 인맥 관리로 힘을 빼지 않는다. 스스로 높은 가치를 가진 사람이 되면 나와 비슷한 가치를 지닌 사람들이 자연스레 모이게 되어 있으니까.

끼리끼리

사이언스

진부하게 느껴졌던 어른들의 잔소리가 단순히 잔소리를 넘어 먼저 인생을 밟아온 선배들의 지혜였다는 것을 하나씩 깨닫는다.

'친구를 보면 그 사람을 알 수 있다'는 말도 어렸을 땐 진부하기 그지없는 흔한 말에 불과했으나 이젠 진리가 담긴 혜안이었다는 걸 인정하지 않을 수가 없다.

인간은 서로에게 정말 많은 영향을 끼치며 살아간다. 하루 종일 짜증을 내는 사람과 함께 있기만 해도 미간이 찌푸려지고 덩달아 나까지 짜증이 나지만 같은 말이라도 기분 좋게 해주는 사람과 함께 할 때는 나 역시 좋은 기분으로 하루를 보내게 된다.

그렇게 사람들은 마음이 닮은 사람끼리, 생각이 닮은 사람끼리 어울리고 함께하며 닮아간다. '나는 어떤 사람인가?' 궁금해질 땐 내 곁에 있는 사람들을 한 명씩 떠올려 본다. 그들은 내가 가진 많은 부분을 비춰주는 거울이니까.

다정함을
연마하는

사람들

진짜 친구 몇 명만 있어도 성공한 인생이란 말에 크게 동의했었다. 그러나 이 동의는 많은 사람을 사귀기보다 몇 명의 사람들과 관계를 맺는 나의 가치관을 강화하는 치사한 동의였다. 주변에 사람이 많은 이는 깊이가 없다고 함부로 단정 짓기도 했으니까.

다행히 이런 내 관념에 조금씩 금이 가기 시작했다. 주변에 좋은 사람이 많은 이들을 잘 살펴보니 깊이가 없는 가벼운 관계를 추구하는 것이 아니라 인연으로 닿은 사람들에게 부지런히 관심을 표현하고 자신의 시간을 쪼개 사랑을 나누어주고 있었다.

꾸준히 다정하기 위해 노력하는 사람들이라는 사실을 알게 된 후 나는, 누군가는 가볍게 스쳐 갈 인연을 무겁게 여겨주는 그들의 유난한 사랑을 닮고 싶어졌다.

절대
해서는

안 되는 말

어렵게 힘든 마음을 꺼낸 사람에게 절대 해서는 안 되는 말은 "나는 더 힘들었어"다. 이 말을 시작으로 자신의 힘듦을 하나씩 나열하는 태도는 마음이 힘든 사람에게 '네가 힘든 건 바로 나약해서야'라고 말하는 것과 같다. 이는 힘든 마음을 더 병들게 만들어버리는 최악의 태도이다. 이리저리 다친 마음을 털어놓은 사람에게 큰 위안이 되는 건 명료한 해결책이 아니라 소중한 사람에게 전해 받는 따뜻한 마음임을 기억하자.

위로를
잘해주는

사람은

지치고 힘들 때마다 진심 어린 위로를 건네주는 사람을 보면 왠지 성숙하고 나보다 훨씬 어른스럽다고 생각했다. 하지만 알고 보면 여느 사람들처럼 많이 흔들리고 때론 넘어지기도 하면서 인생을 묵묵히 견뎌온 보통 사람이다. 다만 이들은 누군가 힘들어하는 모습을 보면 마음 깊이 넣어두었던 자신의 아픔을 다시 기억해 내고, 상대방의 마음에 공감하며 그들의 짐을 덜어주기 위해 부담스럽지 않게 진심을 담은 말을 건넨다. 내 곁에 위로를 잘해주는 사람이 있다면, 사랑하는 이의 삶의 무게를 언제든 기꺼이 나눠 가질 준비가 되어 있는 그 사람에게 "당신 덕분에 매번 살아갈 힘을 얻어요. 고마워요"라는 말을 선물해 주면 어떨까.

인간관계
스트레스
　　　덜
　　받는 법

1. 꼬아서 생각하지 않기

'저 사람은 무슨 의미로 저렇게 말하는 걸까?'라는 생각으로 상대의
말과 태도에 큰 의미를 부여했었다. 정말 도움이 되지 않는 쓸데없
는 생각, 마음을 괴롭게 하는 버릇이었다. 이젠 어떤 이야기를 들어
도 의미보단 문장 자체로 받아들이려 한다. 들리는 대로 받아들이
는 습관을 들이면 인간관계에 대한 스트레스가 대폭 줄어든다.

2. 천천히 가까워지기

사회초년생일 땐 한 사람의 단편적인 모습만 보고 바로 가까워지려
했다. 가까워진 사람에게는 기대가 많아졌고 그만큼 마음이 복잡해
지는 일들도 참 많았다. 사람의 좋은 면만 보고 덜컥 마음을 내어주
기보단 적당한 속도로 여유 있게 그 사람의 풍경을 감상하는 태도
를 취해도 늦지 않다는 걸 알게 되자 이젠 관계에서 과속해 속앓이
하는 일이 없어졌다.

3. 다르다는 것을 인정하기

내가 이해할 수 없는 상대의 언행을 마주할 때면 관계에서 스트레스를 받기 시작한다. 도대체 이 사람은 왜 이렇게 사고하는지, 왜 내 의도와 다르게 받아들이는지 이해할 수 없는 것투성이다. 너무 사랑하다 보면 '타인은 나와 다른 존재이기 때문에 이해할 수 없는 게 당연하다'는 사실을 망각한다. 너무 이해하려 애쓰기보다는 다름을 인정하면 마음이 한결 가벼워진다.

인간관계에서 생기는 고민과 걱정은 관계를 맺으며 살아가는 우리가 반드시 겪어야 하는 숙명과도 같다. 피하지 못할 숙명이라면 즐기는 쪽이 나를 더 행복하게 하는 일일 것이다. 사람에 대한 기대와 욕심을 내려놓는 연습, 되도록 불행은 멀리하고 행복을 가까이하는 법을 익히는 배움의 시간으로 활용하면 숙명 또한 즐길 수 있다.

우리가
꼭
챙겨야 할
눈치

타인에게 마냥 편안한 사람이 되는 것보다 어느 정도 어려운 사람이 되는 편이 낫다. 가족, 친구 관계에서도 그렇고, 업무로 얽힌 관계에서는 더더욱 그렇다. 편안하게 생각하는 사람에겐 나도 모르게 감정에 제동을 걸지 않을 때가 많지만 어려운 사람에겐 말 한마디를 꺼내더라도 그 사람 입장에서 한 번 더 생각하는, 눈치라는 걸 보게 되니까.

관계에서 발생하는 문제는 편해진 상대방의 눈치를 보지 않을 때 생기는 것이 대부분이다.

내가 불편하다고 여기는 사람의 눈치를 보는 노력보다 편안해진 사람의 기분, 감정을 알아내려는 데 정성을 쏟는 편이 더 가치 있는 눈치가 아닐까 싶다.

뒷담화하는
사람보다

더 나쁜
사람

직장을 다닐 때였다. 뒤에서 나온 말을 군이 나에게 전달하는 사람을 보고 뒷담화를 한 사람에 대한 분노보다도 말을 전달한 사람에 대한 의아함이 더 컸다.

어떻게 전달하든 듣는 사람의 기분이 상할 것이라는 점을 전혀 고려하지 않았을뿐더러 막상 뒷담화를 들은 당시에는 부정하지 않고, 그 말을 전달하는 방식으로 누군가의 뒷담화를 하는 태도가 이해가 가질 않았다.

이러한 태도에 순수한 의도가 아닌 어떤 목적이 있었다면, 어쩌면 그들의 목적은 평소에 가지고 있던 누군가에 대한 미움과 열등감을 타인의 뒷담화를 통해 표현하고 싶었던 것이 아니었을지, 문득 그런 사람뿐 아니라 나 자신의 행동 또한 조심하고 경계해야겠다고 다짐했다.

침묵의 힘

사람들이 모여 있을 때면 여러 이야기가 오르내린다. 특히 직장처럼 집단으로 생활하는 곳에서는 다양한 사람이 모여 있는 만큼 들리는 말들도 참 많다. "누구랑 누가 사귄다더라", "그 사람 참 별로야", "그 얘기 들었어?" 누군가의 사생활을 유대 관계를 쌓는 도구로 사용하는 사람이 많기 때문에 지극히 사적인 타인의 이야기를 커피와 같은 가벼운 즐길 거리 정도로 소비한다. 더 별로인 점은 말은 하는 사람의 가치관에 따라 모양이 변하고 또 다른 말이 덧붙여져 완전히 다른 이야기가 된다는 것.

사적인 내 이야기가 사람들 입으로 옮겨지는 것을 좋아하는 사람은 없을 것이다. 다수가 모인 곳에서는 누군가에게 들은 소문은 조용히 흘려보내고 입은 무겁게 하는 것이 나를 지키는 일이다. 또한 성숙한 인간으로서의 품위를 지키고 쓸데없는 시간 낭비를 막는 방법일 터이다.

예의

없는

            사람들의

            특징

예전엔
남에게 심한 말을
퍼붓는 사람들을 보면
지레 겁부터 먹었지만

무례한 말을 서슴없이 하는 사람,
남을 아프게 하는 사람을 보면
이젠 그들이
애처롭게 느껴진다.

무례한 말과 행동 속에
그들이 보이기 때문이다.
그들은
여태껏 인생을 살아오면서

자신을 객관적으로 보지 않았고,
잘못된 합리화로 자신을 사랑했으며,
어긋난 신념으로 많은 이들에게
상처를 주고 있으나

여전히 자신의 진짜 모습을
제대로 마주하지 못한 채 살아간다.
이런 그들의 삶이
얼마나 애처로운가.

무례한
사람에게서

나를 지키는
방법

1. 적당한 거리를 유지한다.

사람과 사람 사이에는 적당한 거리가 필요하다. 너무 거리
가 가까우면 서로의 단점이 선명하게 보이기 마련이고 저
마다 중요하게 생각하는 가치와 기준이 달라서 선을 넘는
일이 잦아지기 때문이다. 공적으로 인연을 맺는 직장에서
는 더욱더 적당한 거리가 있어야 평소에 예의를 갖추며 지
낼 수 있다.

2. 상대방과 다른 내 생각을 표현해 본다.

내 생각을 말하기보다 상대방 의견에 따르는 것이 편안하
다고 하여 무조건 맞춰주다 보면 어느새 상대는 나를 '주관
이 뚜렷하지 않은 사람'이라 생각하고 만만하게 여길 수 있
다. 평소 다양한 상황에서 자신만의 생각, 취향, 의견을 표
현하여 상대방이 나를 먼저 존중하게 만들자.

3. 내가 불쾌해지는 무례함의 단계를 정해본다.

사람마다 당했을 때 마음이 불편해지는 말과 행동은 조금씩 다르다. 다른 사람에게는 괜찮은 말도 나에겐 기분 나쁜 태도가 되기도 한다. 자신이 생각하는 무례함의 정의는 무엇인지, 어느 정도 허용되는 태도와 절대 허용할 수 없는 태도는 무엇인지 생각해 보고 단계별 대응도 미리 준비해 두는 것이 도움이 된다.

4. 나만의 처세술을 만든다.

인간관계는 모두에게 가장 어렵고 힘든 부분 중 하나이다. 그렇다 보니 각종 영상과 글에는 다양한 처세술이 넘쳐난다. 그러나 그것들은 이야기하는 사람에게 잘 맞는 처세술이기 때문에 무조건 그 방법을 신뢰하기보단 참고만 해두어야 한다. 그리고 나의 성향에 잘 맞고 내가 대처할 수 있는 여러 대응법을 실행해 보며 나만의 처세술을 가져보자.

최고의
복수

마음에 상처를 준 사람에게 할 수 있는 최고의 복수는 그들이 내게 준 상처의 깊이만큼 그리고 그 순간의 수치심을 참아내며 애썼던 내 마음만큼 더 보란 듯이 잘 살아가는 것이다. 타인에게 쉽게 상처 주는 사람들은 자신의 행동으로 당신이 평생 좌절하며 살아가길, 마침내 자신처럼 불행해지길 간절히 바란다. 따라서 당신이 행복하면 행복할수록 가장 불행할 사람은 당신에게 상처를 준 바로 그 사람이다. 그러니 그들이 문득 떠올라 괴로울 때면 평생 타인에게 상처를 주며 살아갈 안타까운 그들의 앞날을 떠올려 보자. 그럼 당신을 괴롭게 만든 상대방이 생각할 가치도 없는 존재라고 느껴지면서 그들에게 감정을 소비하는 일을 멈출 수 있게 될 것이다. 나의 불행을 바라는 그들을 위해서라도 보란 듯이 행복하게 살아가자. 내가 행복하게 살아가는 것만이 진정한 복수를 실현해 내는 길이다.

사람한테
실망한,

너에게

사람한테 실망하는 일을 연속으로 겪으면 인간관계에 회의감이 찾아오고 인간이란 존재 자체에 거부감이 들게 되지요. 사실 누구보다 사람을 좋아했던 당신인데, 이렇게까지 경계하는 날 선 자신의 모습이 낯설게 느껴지기도 할 거예요. 이런 당신의 마음은 잘못된 것이 아니에요. 다만 인간관계에 매우 지친 상태일 뿐. 그래서 예전보다 더 날카롭게 날을 세운 채 사람에게 상처받지 않으려고 방어적인 태도를 보이게 된 거지요. 그러니 자신이 잘못되었다고 생각하지 않았으면 좋겠어요. 그저 당신에겐 사람에게 지친 마음을 회복시킬 시간이 필요한 것이니까요. 지금 이 글을 읽으며 깊이 공감하는 당신이라면 쉽지 않은 이 시간을 잘 견뎌서 사람을 바라보는 마음이 조금은 편안해졌으면 좋겠어요.

꼭

기억해야 할

인간관계

진리

1. 사람의 본성은 바뀌지 않는다.

2. 주변 사람을 보면 그 사람이 보인다.

3. 남을 아프게 하면 큰 대가를 치른다.

4. 사람을 당연하게 여기는 순간 영영 잃게 된다.

5. 나쁜 영향을 주는 사람은 곁에 두어선 안 된다.

6. 최고의 인맥 관리법은 내가 잘 사는 것이다.

7. '나'를 알아야 사람 보는 안목이 생긴다.

만만하게

보이지 않는

방법

1. 배려는 과하지 않게

적당한 배려는 상대방의 긴장을 풀어주어 관계를 편안하게 만들지만 하나부터 열까지 다 맞춰주는 과한 배려가 지속되면 어느 순간 상대방은 배려를 당연시 생각하고 만다. 배려는 무조건 나를 낮추는 것이 아님을 알자.

2. 표현은 정확하게

좋아하는 음식부터 선호하는 영화 취향, 싫어하는 상황 등 내가 좋아하고 싫어하는 것을 평상시에 정확하게 표현해 보자. 그럼 사람들은 나의 주관이 분명하다는 것을 알고 말과 행동을 가려서 하며 조금 더 조심스럽게 대한다.

만만하게 보이지 않으려면 책잡힐 행동은 하지 말아야 한다. 그러기 위해선 일관된 태도로 신뢰감을 쌓는 것이 중요하다. 말만 번지르르한 사람이 아닌, 내가 뱉은 말은 꼭 지키며 책임을 지는 사람이 되어보자.

이 세상에는 매번 양보하고 배려해 주는 사람의 선의를 감사히 여기는 이들보다 당연시하며 만만하다고 생각하는 사람들이 더 많다. 그들에게서 나를 지켜내려면 평상시에 적당한 배려와 정확한 의사 표현으로 만만치 않은 사람이라는 걸 알려줄 필요가 있다.
자신을 낮출 필요는 없다. 당당한 '나'로 존재하면 누구도 나를 감히 만만하게 여길 수 없다.

조금 서툴렀으면 어때요.

오늘을 처음 살아본 우리인걸요.

괜찮아요.

내공이
단단한 사람

목소리가 크고 자기 말만 하는 사람이
기가 센 것 같지만

진짜 기가 센 사람들은
유난스럽지 않고
흔들림이 없다.

이들은 타인의 언행으로 인해
비록 마음이 좋지 않더라도
겉으로는 흔들림 없는
모습을 보이면서

상대방의 널뛰는 페이스에
절대 말려들지 않는다.

진짜 기가 센 사람들은 이미
성질만 부리는 사람들을 보면서

그들이 내 인생 밖으로 나가주길 바라며
그들의 말과 행동에 최대한 동요하지 않고
조용히 지켜본다.

대응할 가치조차 없는
어리석은 존재임을
진작에 간파했기 때문에.

남들에게
맞춰주기만

하다 보면

어렸을 때 어른들에게 착한 아이라는 말을 참 많이 들었다. 나에겐 그 말이 왠지 달갑게 느껴져서 모든 사람에게 더 착한 사람으로 존재하려고 애썼다. 내가 좋아하는 것이 아니어도 친구가 좋다고 하면 나도 좋다고 했고, 다른 사람 때문에 기분이 나쁜 상황에서도 나자신을 자책하는 데 익숙한 아이였다. 어른이 되었음에도 남들 말에 휘둘리지 않고 온전한 나로 살아가는 건 여전히 어렵게 느껴진다. 그럴 때마다 다 커버린 내가 할 수 있는 일은 아직 마음속 깊이 자리 잡고 있는 어린 나에게 "너를 잃으면서까지 다른 사람이 원하는 사람이 될 필요는 없어"라고 조용히 말을 건네는 것이다.

당신은
누구보다

잘 들어주는
사람

평소 조용하고 말이 없는 사람은 단순히 낯을 가려서가 아니라 상대방의 말을 들은 뒤 내뱉는 데 긴 시간을 들이는 타입인 것이다. 그래서 한마디를 하더라도 어떤 단어를 선택해야 할지, 어떻게 전해야 상대가 오해하지 않을지 많은 고민과 생각을 거듭한 뒤 말을 꺼낸다. 그들은 그만큼 말 한마디의 위력을 잘 이해하고 있고 상대방을 배려하는 신중한 사람들이다. 혹시 당신에게 "넌 너무 내성적이야. 성격 좀 고쳐", "말 좀 해. 왜 이렇게 낯을 가려?"라고 쉽게 판단 내리는 사람이 있다면 '내가 잘못된 건가' 하고 스스로를 의심하지 않아도 된다. 당신은 그 누구보다 타인의 말에 귀 기울일 줄 알고 말하는 데 정성을 들이는 능력을 갖춘 사람이니까.

곳곳에

당신의
사랑이   있다

잔정이 많은 사람은 겉으로는 왠지 무뚝뚝하고 무신경해 보인다. 그러나 한번 마음을 열고 신뢰를 쌓은 사람에게는 최선을 다해 표현한다. 그 표현 방식은 상대방이 선호하는 취향과 건강 상태, 습관, 기분 등 모든 것을 평소에 눈여겨보았다가 그 사람이 바라고 필요로 하는 부분들을 적절한 타이밍에 전달하는 것으로 나타난다. 상대에 대한 마음을 말뿐 아니라 행동으로 표현하는 그들은 사랑하는 사람의 인생에 깊게 파고들어 가서 현실적인 도움을 주기에 사랑받는 당사자는 그들의 영향력을 눈치채지 못할 가능성이 높다. 내 일상을 한번 잘 살펴보자. 아마 그 사람이 사소하게 챙겨준 사랑들이 곳곳에 가득함을 발견할 수 있을 것이다.

놓치면
평생 후회할

사람의
특징

1. 배려해 줄수록 더 잘해주는 사람

인간은 무엇이든 처음엔 낯설고 어색해한다. 하지만 점점 적응해 가면서 나중엔 소중함을 당연하게 여기고 본연의 가치를 망각해 버린다. 그런데 이러한 인간의 본성을 넘어 상대방의 선의를 늘 감사하게 생각하는 이들은 배려를 받으면 잊지 않고 몇 배의 사랑으로 되갚으려 한다.

2. 속상하단 이야기에 일단 내 편이 되어주는 사람

힘들다는 상대방의 말이 이해가 가지 않을 때도 있지만 다른 생각은 뒤로하고 일단 감정에 공감하며 위로해 주는 이는 내 곁에 나란히 서서 나와 같은 곳을 바라보기로 결심한 사람이다. 이들은 앞으로도 내가 힘들 때나 기쁠 때 곁을 지켜줄 사람이기에 절대 놓치지 말아야 한다.

3. 자신의 부족함을 인정할 줄 아는 사람

인간은 누구나 실수를 하고 모든 일에 완벽한 사람은 없다. 자신의 실수를 받아들이지 않는 사람들은 자신만의 틀에 갇혀 이기적인 인간이 되어간다. 그러나 자신의 부족함을 알고 실수를 인정하는 이들은 자신을 객관화하여 바라볼 줄 알아서 관계에서 오해가 생겼을 때 남의 탓을 하지 않고 스스로 반성한다.

이 세상에서 나와 완벽하게 맞는 사람은 없다. 우린 누구나 한구석쯤 서툰 부분을 가지고 있기에 서로 어울리고 힘을 주며 살아갈 수 있다. 지금 당신 곁에서 당신과 잘 맞는다고 생각되는 사람이 있다면 그 사람은 당신과의 관계를 위해, 당신과 잘 맞춰나가기 위해 많은 노력을 기울이고 있음이 분명하다. 이토록 사랑스러운 사람과 오래 함께할 수 있도록 '나'부터 노력하는 태도를 가져야겠다.

예쁜 말을
건네는

기술

말을 예쁘게 하는 사람들은 자신이 하고 싶은 말을 바로 내뱉지 않고 잠시 붙잡아둔다.

말을 할 때 단어와 함께 나타나는 말투, 표정까지도 하나하나 고심하면서

상대방이 오해하지 않도록 수고로운 과정을 기꺼이 감내하는 그들의 세심한 배려는 사랑을 받을 수밖에 없다.

말을 예쁘게 하는 것은 다정하고 상냥한 사람들만 할 수 있는 특별한 기술이 아니다. 상대방을 존중하는 마음만 가지고 있다면 누구나 예쁜 말을 건넬 수 있다.

스트레스를
덜 받는

사람들의
공통점

인간관계에서 다른 사람들보다 스트레스를 덜 받는 사람들은 마음이 여유롭다는 공통점을 가지고 있다. 마음이 여유롭지 못할 때는 상대방의 사소한 말과 행동에 큰 의미를 두게 되고 혼자 상처를 받아서 마음 앓이 하는 경우가 많아진다. 하지만 여유로울 땐 사소한 일 정도는 부드럽게 웃어넘길 수 있다.

이처럼 마음이 여유롭다는 것은 불쾌한 감정을 소화할 수 있는 나의 마음의 공간이 넉넉하게 마련되어 있다는 뜻이기도 하다.

평상시에 마음, 기분, 컨디션 등 나를 세심히 돌보면서 인간관계에서 겪는 어려움을 여유롭게 대처할 마음의 공간을 넉넉히 마련해두자. 그럼 불쾌한 감정이라도 이해해 보는 여유를 가질 수 있게 될 것이다.

진짜 잘난
사람은

'척'하지 않아도
빛이 난다

사람을 만나다 보면 자연스러운 타입과 부자연스러운 타입을 경험할 수 있다. 부자연스러운 타입의 사람은 겉으로 웃으며 말해도 어딘가 불안해 보인다. 잘난 척, 우아한 척, 겸손한 척, 다양한 '척'을 앞세우는 모습은 마치 "난 이런 사람이야!"라는, "나를 좀 인정해 줘!"라는 처절한 외침 같다. 반면 자연스러운 타입은 굳이 자신을 포장하지 않고 인정받기 위해 스스로를 내세우지 않음에도 고유한 아우라가 풍기고 빛이 난다. 자연스러운 빛이 나는 사람은 스스로 알고 있는 자신의 모습과 남들에게 보여지는 모습에 큰 차이가 없을 정도로 솔직하기 때문에 어떤 상황에서든 누구 앞에서든 '자기 자신'으로서 당당히 존재할 수 있다.

**결국엔
사람,**

사랑

인간관계를 원만한 상태로 유지하기가 어려운 이유는 관계의 온도에 있다고 생각했다. 너무 뜨겁지도 너무 차갑지도 않게, 너무 가깝지도 너무 멀지도 않게, 적당하게 균형을 맞추면서 사랑하고 배려해야 하기 때문에. 이렇게 많은 정성이 필요한 어렵고 힘든 일이지만 그럼에도 관계를 유지하는 건 사람에게서 얻는 아픔보다 더 큰 행복을 얻기 때문이다. 우린 아픔과 고통을 기꺼이 감수하면서 사람을 증오하다가도 또다시 사랑하고 관계를 이어 나가며 살아간다. 사람에게 절망하지만 사람에게 위로받는다.

그러니 결국은 사람이고, 사랑이다.

사람을

가려

만나야 하는

이유

1. 상대방을 닮아가기 때문에.

2. 귀한 시간이 낭비되기 때문에.

3. 스트레스로 건강이 나빠지기 때문에.

4. 점점 웃는 날이 줄어들기 때문에.

5. 정신까지 피폐해질 수 있기 때문에.

6. 살아갈 힘을 잃을 수 있기 때문에.

7. 내 삶이 망가질 수 있기 때문에.

내가 화가 나면 화가 날 만한 일이 맞고
힘들면 힘든 일이 맞아요.
그러니 자신을 의심하지 마세요.

헤어질

결심

관계를 끊어야겠다고 결심하는 순간은 생각보다 거창한 일이 아니라 아주 작고 사소한 부분에서 찾아온다. 그동안 그 사람을 아끼고 사랑한다는 이유로 참고 지나쳐 왔던 감정들이 마음에 켜켜이 쌓여 넘치기 일보 직전에 이르렀을 때, 상대의 작고 사소한 태도가 그동안의 감정을 쏟아내게 만드는 방아쇠 역할을 하는 것이다. 그런 순간이 찾아오면 담담하고 냉정하게 관계에 마침표를 찍게 된다.

그래서 인연을 정리할 때면 상대에게 긴말하지 않고 내 인생에서 그 사람을 지우기로 결단을 내린다. 한때는 마음에 가득했던 사람을 도려내고 지워버린다는 건 절대 쉬운 일이 아니다.

하지만 그렇게 하지 않고 지지부진 관계를 이어 나가면 상대와 나누었던 지난날의 마음과 추억들, 실망했던 순간들이 머릿속에 뒤엉켜 더 혼란스러워지기만 한다. 때로는 명확하게 냉혹한 결단을 내리는 것이 더 큰 도움이 된다.

가짜와
진짜
구별하기

상대와 함께 있을 때 내 행동과 마음이 얼마나 자연스러운지, 얼마나 불편한지 살펴보면 진짜와 가짜를 알 수 있다. 나랑 잘 맞지 않는 사람과 함께 있다 보면 마음 한편이 불편해서 자꾸만 시간을 확인하게 되지만 나와 잘 맞는 사람과 함께 있으면 '언제 시간이 이렇게 흘렀지'라고 생각될 만큼 헤어지는 시간이 아쉽게만 느껴진다. 그만큼 나와 잘 맞는 사람은 함께 있을 때도 휴식하듯 내 마음을 편안하게 해주는 사람인 것이다.

관계에서 편안함이란 서로를 있는 그대로 바라봐 주는 따뜻한 마음과 두터운 신뢰가 형성되어 있을 때 느껴지는 감정이다. 따라서 겉으로만 친구인 척, 말로만 진심인 척하는 가짜 관계에서는 결코 느낄 수 없다. 어떤 사람과 나누는 대화들이 어딘가 불편하고 억지스럽게 느껴진다면 그 사람과 나의 관계에 대해 고민해 볼 필요가 있다.

이상하게

찜찜한
관계

복잡한 마음으로 인연을 끊게 된 사람들과의 관계에는 비슷한 면이 있었다. 만나고 나면 어딘가 기분이 찜찜하고, 생각이 많아지고, 좀처럼 관계에 대한 믿음과 신뢰가 생기지 않는다는 점이었다.

'도대체 뭐가 문제일까'라고 고민하며 노력을 기울여봐도 그 사람에 대한 마음은 여전히 제자리걸음이었다. 이젠 알고 있다. 좋은 인연이 될 사람은 작은 시냇물이 흘러가 큰 바다를 이루는 자연의 섭리처럼 순간을 함께하며 마음이 같은 방향으로 흐르고 관계 또한 자연스럽게 더 깊어지게 된다는 걸.

나와 맞지 않는 사람과의 관계로 자신을 자꾸 의심하게 되는 일이 생긴다면 의심을 멈추고 그저 나와는 다른 방향으로 흘러가야 할 사람임을 받아들이자. 그리고 우리의 타고난 인연이 여기까지임을 인정하자.

관계를

　　잘 정리하는

　　방법

1. 후회는 남지 않도록 한다.

인연이 정리될 때면 꼭 아쉬움과 후회가 밀려든다. '내가 정말 괜찮은 선택을 한 것일까.' '내 이해심이 부족한 탓이었던 건 아닐까….' 어떤 경우라도 정리를 한 뒤에는 작은 후회들이 밀려올 수밖에 없다. 그러니 정리를 앞둔 상황이라면 후회할 일은 최소한으로 해두는 것이 좋다. 전하고 싶은 말이 있다면 꼭 대화를 나누어보고, 후회만 남길 거친 말이라면 아껴두는 편이 낫다.

2. 감정이 잘 흐르도록 둔다.

냉정하게 끊어냈다고 해도 마음에 품었던 사람을 정리하고 나면 때와 장소를 불문하고 수많은 감정이 교차하는 경험을 하게 된다. 날 불안하게 하고 자책하게 하는 감정일수록 본능적으로 외면하곤 하는데, 이때 감정을 애써 억누르지 말아야 한다. 이 또한 이별의 과정이라 생각하며 자신에게 찾아온 감정을 그대로 존중하고 받아들이는 태도를 취해 감정이 자연스럽게 지나갈 수 있는 통로를 만들어주자.

3. 잊는 것을 포기한다.

좋지 않게 끝난 사이라 해도 마음끼리 닿았던 인연은 세월에 의해 흐려질 뿐 아무리 시간이 흐른다 해도 깨끗하게 잊히지 않는다. 관계를 정리했음에도 가끔 생각나는 것은 아주 자연스러운 현상이니 죄책감을 느끼지 말고 좋은 기억만큼은 추억해도 괜찮다. 어차피 천천히 흐려질 마음이다.

4. 나를 재정비한다.

세상에 이별이란 것이 없었다면 어떻게 되었을까. 만남의 소중함, 지금 함께하고 있는 사람에 대한 고마움을 절대 느끼지 못했을 것이다. 이별은 아픔의 깊이만큼 우리에게 더 나은 인간으로 발돋움할 수 있는 시간을 가져다준다. 지난 관계에서 아쉬웠던 내 태도, 앞으로 노력해야 할 부분에 대해 짚어보며 다음에 인연을 맺을 땐 더 나은 내가 되어보자.

진짜
내 편인
사람들은

1. 내 빈틈까지 사랑해 준다.

화려하고 좋아 보이는 내 겉모습은 '나'라는 사람의 일부분을 편집한 것에 불과하다. 많은 사람이 이런 편집된 내 모습을 좋아해 주지만, 남들이 잘 모르는 빈틈과 단점까지 이해해 주는 사람은 많지 않다. 만약 그런 사람이 가까이에 있다면 당신이라는 존재를 있는 그대로 사랑해 주는 사람임이 틀림없다.

2. 내 감정을 존중해 준다.

정말 내 편이라고 생각하는 사람이 나에게 힘든 일을 털어놓으면 "뭐 그런 일로 힘들다고 해"라는 말이 종종 입 안에 차오르지만 일단 삼키고 본다. '그럴 만한 이유가 있겠지'라는 굳건한 믿음을 가지고 자신의 감정보다 상대방의 감정을 존중하기에 이야기를 끝까지 경청해 준다.

3. 쓴소리를 해준다.

평소에 내게 기분 좋은 말, 힘이 되어주는 말을 아끼지 않는 사람이
내가 잘못된 방향으로 가고 있을 때 쓴소리를 하면 아무리 각별한
사이라 해도 당장은 기분이 상하는 것이 사실이다. 그러나 쓴소리
는 곱씹을수록 정확한 경우가 많다. 그 누구보다 애정을 바탕에 두
고 나라는 사람을 입체적으로 지켜봐 온 사람이기 때문이다.

4. 내가 행복해하면 더 행복해한다.

내가 행복할 때 나를 바라보는 사람들의 시선은 딱 두 부류로 나누
어진다. 나를 샅샅이 살피며 허점을 찾으려고 혈안이 된 사람과 행
복한 나를 보며 나보다 더 행복해하는 사람. 내 행복을 바라는 사람
의 마음 안엔 내가 깊이 자리하고 있음이 느껴진다.

진심이 아닌 마음, 진심이 아닌 사람은 어떻게든 티가 난다. 달콤한 말을 건넨다고 해서 그 사람이 내 편이라고 확신할 수는 없다. 진짜 나를 아끼고 존중하며 사랑해 주는 사람은 늘 나를 염두에 두고 내가 행복하길 바란다. 그들의 진심은 농도가 짙기 때문에 눈에서, 말에서, 태도에서, 온몸에서 뿜어져 나와 어떻게든 내게 닿고 만다.

사람 보는
안목을
키우는
방법

1. 섣불리 판단하지 않기

여러 사람을 만나다 보면 사람에 대한 데이터가 쌓여 나도 모르게 '이런 부분을 가진 사람은 이럴 것이다'라고 생각하게 된다. 이처럼 섣불리 넘겨짚는 태도를 경계해야 한다. 사람은 다 같은 것 같으면서도 미묘한 차이로 가득한 존재이다. 한 번만 보고는 절대 그 사람에 대해 다 안다고 할 수 없다. 사람을 알고 싶다면 단편적인 모습만 보고 판단하지 말고 오래도록 지켜봐야 한다.

2. 은연중 나오는 언행 살피기

상대를 가려가며 자신의 본모습을 감추는 사람들이 있다. 그러나 평소 마음과 머리에 담긴 것은 어떻게든 새어 나오기 마련이다. 그 사람이 나와 다른 사람과 대화할 때 은연중에 보이는 말과 태도들에서 의아함과 싸늘함을 지속적으로 느낀다면 좀 더 거리를 두고 지켜볼 필요가 있다. 진심이 아닌 것들은 어떻게든 티가 나기 때문이다.

3. '나'부터 성숙해지기

사람은 자신이 아는 만큼 세상을 바라보게 된다. 관계에서도 마찬가지이다. 자신의 마음을 돌아보고 성찰하는 사람들은 다른 사람의 태도를 거울삼아 많은 것을 발견하고 배운다. 이것은 자연스럽게 사람의 가치를 알아보는 안목이 되어준다. 남을 알고 싶다면 나부터 제대로 알아야 한다. 그래야 보인다.

사람을 보는 안목은 저절로 생기지 않는다. 평소 사람에 대한 많은 관심과 나를 바라보는 냉철한 시선, 공부하려는 태도가 융합되어야 한다. 좋은 사람을 곁에 두고 싶다면 너무 섣불리 판단하지 말고 나부터 좋은 사람이 되기 위한 노력을 거듭해야 한다. 그럼 굳이 애쓰지 않아도 내 곁에는 나를 믿어주고 알아주는 사람으로 가득하게 될 것이다.

손절만이

정답은
아니다

우리 주변에는 나와 마음이 잘 맞는 사람도 있고 멀어져야 할 사람도 있다. 또한 성격이 잘 맞지는 않아도 서로 노력하며 이어가는 관계도 있다.

과도한 스트레스를 주는 사람과의 관계는 반드시 끊어내야 하지만 어느 부분이 나와 조금 맞지 않는다는 이유로 손절을 일삼는 태도는 사람의 단점만 보게 되는 부작용을 낳을 수 있다. 더불어 나중엔 나의 단점을 포용해 줄 사람조차 남아 있지 않게 될 가능성이 높다.

세상엔 나를 포함해 장점만 가진 완벽한 사람은 없다. 부족한 부분이 있기에 우린 서로 도움을 주고받을 수 있고 함께 살아가는 법을 배울 수 있는 것이다.

꼭

내 곁에 둬야 할

귀한

인연

1. 틈틈이 다정한 사람.

2. 말의 온도가 따스한 사람.

3. 말과 마음이 같은 순수한 사람.

4. 의도 없이 다가와 준 고마운 사람.

5. 현실적인 조언을 해주는 현명한 사람.

6. 넓은 마음을 가진 포근한 사람.

7. 자신의 삶에 충실한 멋진 사람.

8. 힘든 일을 겪을 때 함께 아파해 준 사람.

9. 내가 좌절할 때마다 용기를 준 사람.

10. 도움을 요청하면 자기 일처럼 알아봐 준 사람.

11. 내 사정을 알고 매번 선뜻 계산해 준 사람.

12. 방황할 때 따끔한 말로 방향을 잡아준 사람.

13. 내 인생이 가장 밑바닥이었을 때도 "넌 잘될 거야"라고 믿어준
    사람.

이런
사람

절대
놓치지 않기

인생을 살아갈수록, 내게 힘든 일이 있으면 위로해 주는 사람은 많지만 좋은 일이 있을 때 진심으로 축하해 주는 사람은 그리 많지 않다는 것을 알게 되었다. 잘 살고 있는 주변 사람들을 보며 기쁜 마음과 동시에 상대적으로 내가 초라해짐을 느끼며 100퍼센트 진심을 다해 축하해 주지 못하는 내 모습이 그렇게 못나 보일 수가 없었다.

당장 내 삶과 타인의 삶을 비교하면서 마음 어딘가 불편해하는 것이 인간의 본능이라 당연한 마음의 흐름이라 생각한다. 그런데 나에게 좋은 일이 생기면 나보다 더 기뻐하며 온 마음으로 축하해 주는 윤슬 같은 사람도 있다.

'이 사람은 어떻게 이런 마음일 수가 있을까?' 탐구하고 생각을 정리해 보았더니, 자신과 타인을 비교하는 인간의 본능을 뛰어넘을 만큼 '나'라는 존재를 정말 소중하게 아끼는 사람이라는 확신이 들었다.

나의 행복을 바라는 그 사람은 앞으로 내가 걸어갈 모든 시간 동안 곁에서 든든하게 응원해 줄 것이라는 확신. 나 역시 타인의 행복 또한 자신의 기쁨처럼 아우를 수 있을 만큼 마음에 바다를 품고 사는 사람이 되어야겠다고 다짐했다.

마음의
깊이

측량하기

서로 감정이 좋지 않을 때 어떤 태도로 나를 대하는지를 살펴보면 상대방이 나를 얼마나 존중하고 사랑하는지 그 마음의 깊이를 알 수 있다. 감정이 상했다고 하여 상대방에게 소리를 지르거나 상처를 주는 말과 행동을 서슴없이 하는 사람은, 상처받을 나를 존중하지 않는 것이라 볼 수 있다. 이와 반대로 화가 났음에도 그 감정을 그대로 쏟아내기보다는 최대한 순화하여 부드럽게 표현하고 배려하려 노력하는 사람은 나를 존중하고 사랑하는 것이다. 그렇기 때문에 자신의 불편한 감정을 잠시 묻어두고 당신의 마음을 먼저 살피기 위해 엄청난 노력을 기울이는 것이다.

서로 기분이 좋지 않은 상황에서도 상대의 감정을 한 번 더 헤아려주는 당신 곁의 그 사람은 당신을 아주 많이 사랑하는 사람임이 틀림없다.

기품 있는
어른이 되는
방법

1. 책을 가까이한다.

책을 가까이하면 자연스럽게 학문, 지식, 문화에 대한 소양이 깊어진다. 독서를 단순히 지식을 축적하는 행위라 볼 수도 있지만, 사실 책은 저자의 지식과 경험이 담겨 있어 가장 빠른 경로로 인간의 내면을 깊이 있게 만드는 매체이다. 가까이하지 않을 이유가 없다.

2. 고정관념은 멀리한다.

나이가 들수록 경험에 의해 굳어진 고정관념이 많아진다. 이를 기준으로 세상을 바라본다면 내 기준만이 옳다고 여길 수 있다. 섣부른 판단은 경계하고 열린 마음으로 바라보는 습관을 들이자. 그럼 세대를 아우르고 원활한 소통이 가능해질 것이다.

3. 관리에 소홀해지지 않는다.

아무리 고가의 물건이라고 해도 포장에 정성을 쏟지 않으면 본래의
가치를 떨어뜨리기 마련이다. 내면을 아름답고 성숙하게 관리하는
것도 중요하지만 나의 가치는 겉으로 드러난 단정함과 청결함으로
판단된다. 건강, 외모, 스타일 등 모두 놓치지 않고 관리하여 기품을
완성하자.

인간의 성장이란
아이에서 어른이 되는 과정에
국한된 것이 아니라

우리의 전 생애에 걸쳐
매일 진행되어야 하는 것이다.
그리고 기품 역시

한번에 언어지는 것이 아닌
성장이 진행되는
과정에서 축적된다.

내가

　　　　듣고

　　　　싶었던　　　　　　말

어렸을 때 조용한 아이였던 내가 어른들에게 듣고 싶었던 말은 "왜 이렇게 말이 없어"가 아니라 "무슨 생각을 하고 있어?"라는 다정한 물음이었다. 조용하고 예민하던 어린 나에게 어른들은 많은 정의를 내려줬다. '낯가림이 심한 애', '조용한 애', '착한 애'. 그래서 난 오래도록 어른들이 정의해 준 말들이 '나'라고 생각하며 살아왔다. 하지만 어른이 되어보니 나는 조용한 만큼 더 많은 것을 듣고 느끼는 능력이 있는 사람임을 알았다. 그리고 다짐했다. 내가 만나는 아이들에겐 아이의 일부만 보고 함부로 단정 짓는 어른이 아닌, 겉으로 보이는 행동 뒤에 숨겨진 아이의 진짜 가치를 알아봐 주는 어른이 되어야겠다고 말이다.

가족이라고
해도

넘지 말아야 할
선이 있다

친구와 사이가 틀어지면 관계에 거리를 두거나 정리라도 할 수 있지만 가족이 미워지면 거리를 두기도 어렵고 정리하는 건 더더욱 어렵다. 가족이란 관계는 보통의 인간관계보다 몇 배로 더 복잡한 감정들이 얽혀 있기 때문에 내가 가족을 미워하고 싫어하고 있다는 감정을 인정하는 것조차 쉽지 않다. 그럼에도 가족이라는 이름으로 나에게 지속적인 상처를 주고 아프게 한다면 관계에 거리를 두거나 정리하겠다는 과감한 결심이 필요하다.

아무리 가족으로 맺어진 인연이라 해도 아닌 것은 아니다.

진정한 가족이란 인생을 살아가는 데 있어 나의 가장 안전하고 든든한 쉼터가 되어주는 것이다. 날 불안하고 아프게만 하는 사람은 감히 가족이라 부를 수 없다. 가족이 미우면 미워해도 괜찮다. 그동안 가족으로 인해 사랑과 분노 사이에서 자책하고 외로웠던 내가 먼저다.

부모에게 받은
상처로 힘든,

너에게

위 제목이 마음에 깊이 와닿은 당신이라면 아마도 부모에게 상처받았던 기억이 아직 남아 있는 분일 거예요. 그런 당신에게 감히 부모를 용서하지 않아도 괜찮다고 말해주고 싶어요. 그런데 이 문장을 읽고 나서 마냥 마음이 편하진 않을 거예요. '내가 부모를 미워해도 되나?'라는 생각도 들 거고요. 많은 심리 연구 결과에 따르면 부모에게 정서적, 신체적 상처를 받은 아이일수록 더욱더 부모의 인정과 사랑을 갈구하고, 부모가 무조건 옳다고 이상화한다고 해요. 또한 우리가 속해 있는 사회에서는 '부모를 공경해야 한다'는 인식이 사람들의 머릿속에 깊이 뿌리박혀 있어서 부모에게 큰 상처를 받았음에도 자신이 부모를 미워한다는 사실이 거북하고 죄스럽다는 마음이 들곤 할 거예요. 모두가 부모니까 용서해야 한다고 말할 때 저는 감히 당신의 편에 서서 용서하지 않아도 된다고 말해주고 싶어요. 상처받은 마음을 뒤로하고 어떻게든 부모를 사랑하기 위해 노력했던 당신을 먼저 안아주세요. 그럼 진정한 용서는 자연스레 찾아와 줄 거예요.

쉽게
끊어내지 못하는

관계란

알고 지낸 시간이 긴 사람과의 관계를 끝낼 때보다 둘만의 서사가
짙었던 사람과의 관계를 끝낼 때 몇 배로 더 힘겨웠다.

결국 관계를 견고하게 하는 건 알고 지낸 기간이 아니라 함께 느꼈
던 농도 짙은 감정, 그리고 그와 함께 쌓아온 추억들이란 걸 알았다.

앞으로 오래도록 함께하고 싶은 사람에겐 문득 생겨나는 미움이 흐
려질 정도로 환한 서사를 선물하면서 매 순간을 의미 있게 보내야
겠다.

사랑스러운
사람들의
특징

바라만 봐도 미소가 지어지는 사랑스러운 사람들이 있다. 그들의 기분 좋은 사랑스러움은 얼굴 가득 자리 잡은 환한 미소와 맑은 마음으로 타인을 대하는 선함이 융화되어 나타나는 것이다. 이들은 누군가를 쉽게 단정 짓고 미워하지 않으며 상대방을 있는 그대로 수용하는 고난도의 기술을 숨 쉬듯 자연스럽게 발휘한다. 그래서 그들과 함께하다 보면 넘치도록 사랑받는 기분이 들고 금세 행복해지곤 한다. 이들의 사랑스러움은 굳은 땅에 내리는 단비처럼 삭막한 세상 속 굳어버린 많은 이들의 마음에 생명을 불어넣는 힘을 가지고 있다.

진짜
사랑은

설렘이
지나고 찾아온다

서로를 처음 알아갈 때는 관계에 설렘과 긴장이 맴돈다. 잘 보이고 싶은 마음에 그 사람이 좋아하는 것에 관심을 두고 맞춰주려 노력한다.

그러나 함께하는 시간이 길어지고 상대방이 내 일상의 한 부분이 되기 시작하면 설렘과 긴장은 점차 줄어들고 서로가 편안해지는 시기가 찾아온다.

장점은 옅어지고 단점들이 눈에 밟힌다. 사랑은 이때부터 시작된다. 나와 모든 게 잘 맞는다고 생각했던 사람에게서 이제는 다른 부분이 더 많이 느껴질 때, 그 사람의 단점마저 품을 수 있을 만큼 사랑하고 있다는 결론을 만나게 된다면 본능을 초월한 사랑을 이어갈 수 있다.

완벽하지 않은 존재를 그대로 받아들이고 귀하게 여기며 이해하고 돕고 아껴주는 진짜 사랑을 할 수 있다.

'이 사람이다!'

확신이 드는
순간

1. 끝없이 대화가 이어질 때.

2. 어떤 상황에서도 시간 내어 연락해 줄 때.

3. 약속한 것은 지키려고 노력하는 모습을 볼 때.

4. 좋은 곳에 가면 가장 먼저 생각날 때.

5. 나에 대한 마음을 다정하게 표현해 줄 때.

6. 서툰 모습마저 사랑스러워 보일 때.

7. 언제나 내 편에 서서 나를 지지해 줄 때.

8. 이 사람이 없는 하루가 상상이 되지 않을 때.

연애를
잘하는
사람들의
공통점

많은 시간을 다르게 살아온 두 사람의 연애는 매일 완벽하지 않은 것이 당연하다. 그럼에도 우리 주변에는 연애를 하면서 더 행복해 보이는, '연애를 예쁘게 잘한다'는 생각이 드는 연인들도 있다. 그들에겐 비슷한 공통점이 있는데, 연애를 삶의 전부라고 여기기보단 내 삶을 행복하게 해주는 한 부분이라고 생각한다는 것이다. 그래서 단순히 외로움을 채우기 위한 연애를 하는 것이 아니라 자신이 가진 사랑과 행복을 연인에게 나누어주고 연인과 함께 더 행복해지기 위해 연애를 한다. 연애를 통해 더 많은 행복을 느끼고 싶다면 우선 연애에 대한 큰 기대를 내려놓는 태도가 필요하다. 그리고 '나'와 '내 삶'을 사랑하는 방법을 익히면서 내 안에 가득한 사랑을 나눌 수 있는 사람이 되어야 한다.

마음과
마음을

이어주는
통로

말이란 사람과 사람 사이에서 서로의 마음을 확인하는 직관적인 통로가 되어준다. 그렇기 때문에 작은 말 한마디로 사랑을 얻기도 하고 잃기도 한다.

사랑하기로 결심한 사람들이 있다면 듣는 이와 말하는 이 모두 노력이 필요하다고 말해주고 싶다.

말하는 이는 솔직한 나의 마음을 상대방이 오해하지 않도록 부드럽고 다정하게 전하는 데 노력을 기울여야 하고,

듣는 이는 설령 상대의 말이 순간 모나 보이더라도 그 안에 담긴 숨겨진 뜻을 헤아리는 넓은 마음을 가져야 한다.

이렇게 서로 노력해야만 우리의 순수한 마음, 위로받고 싶은 마음, 사랑을 확인받고 싶은 마음을 전해주는 '말'이 큐피드로서 제 역할을 다할 수 있다.

사랑을 하면서도
외롭고 불안한,

너에게

매번 불안하고 상처받는 사랑을 반복하고 있다면 그건 당신의 마음에 돌보고 살펴야 할 상처가 있음을 나타내는 신호일 거예요. 그런 당신에게 자신을 사랑하고 혼자서도 살아갈 힘을 하나씩 심어주세요. 누군가 곁에 없으면 공허하고 불안하고 외로움이 점점 커지는 그 마음 너무 잘 알아요. 하지만 자기 자신을 돌보는 힘이 약하면 상대가 베푸는 사랑에 갈증을 느끼게 되고, 너무 많은 기대를 하게 돼요. 그러다 나중엔 결국 서로 지쳐버리고 말죠. 건강하고 행복한 사랑을 하기 위해 이젠 상대에게 베풀던 사랑을 나에게도 조금씩 건네주세요. 그리고 나에게 다정하게 질문해 주세요. '나는 왜 연애를 하면 더 불안해지지?', '언제부터 이 불안이 시작되었을까?' 자신과 다정한 대화를 나누면서 이미 아주 아름답게 빛나고 있는 자신의 가치를 당신이 빨리 발견했으면 해요.

많이

사랑한다고

느끼는 순간

1. 그 사람이 슬퍼하면 내가 더 아파질 때.

2. 웃는 모습을 보면 같이 웃게 될 때.

3. 미웠던 행동마저 귀여워 보일 때.

4. 좋은 곳에 가면 가장 먼저 생각날 때.

5. 나와 인연이 되어준 것에 고마워질 때.

6. 함께하는 빠른 세월을 붙잡고 싶을 때.

사랑하는
사람일수록

지켜야 하는　　　　　예의

1. 걱정하지 않도록 연락은 꼭 해주기.

2. 함께 있을 땐 서로에게 집중하기.

3. 개인적인 시간도 존중해 주기.

4. 아무리 화가 나도 비속어는 사용하지 않기.

5. 싸우고 나서 다른 사람에게 흉보지 않기.

6. 감정이 상했을 땐 더 다정하게 풀어나가기.

7. 당연한 사람으로 생각하지 않기.

서로

오래

사랑했다는 건

많은 시간을 함께 울고 웃었다는 것.

수많은 굴곡의 시간을 극복해 냈다는 것.

여러 번의 어긋남에도 사랑을 지켜냈다는 것.

이해할 수 없는 부분도 사랑하게 됐다는 것.

서로를 이해하며 성숙한 사람으로 성장했다는 것.

내 인생을 애틋하게 봐주는 사람이 있다는 것.

설렘을 넘어 사랑의 참된 의미를 알았다는 것.

서로가 아니면 안 될 만큼 많이 사랑하고 있다는 것.

사랑이

눈에 보이는
순간들

1. 멀리에서도 날 알아보고 웃어줄 때.

2. 감정이 좋지 않아도 연락은 꼭 해줄 때.

3. 나보다 내 건강을 신경 써줄 때.

4. 표정이 안 좋을 땐 웃게 해줄 때.

5. 화를 내면서도 안도하는 모습을 볼 때.

6. 함께할 미래에 관해 이야기할 때.

7. 여러 주제로 끊임없이 이야기가 오고 갈 때.

애타게 하는
사람보다

편안한 사람

사랑이 전부라고 생각하던 시절엔 애타게 하는 사람에게 끌렸다. 늘 궁금하게 하고 긴장하게 만드는 사람을 매력적이라 느꼈다. 그러나 애타게 하는 매력의 기한은 찰나임을 알았다.

항상 긴장하게 만드는 사람보다 늘 마음 편하게 해주는 사람을 찾는 것이 더 어려운 일이라는 걸 알았다.

인생은 예측할 수 없는 불안정한 일들로 가득하다는 걸 차츰 알게 됐기 때문일까. 사람들과의 관계에서만큼은 안정감을 중요시하게 된 나를 보니 이제야 조금은 인생을 알아가기 시작하는 것 같다.

사랑에서의

'갑'과
'을'이란

덜 사랑하는 사람을 '갑' 더 사랑하는 사람을 '을'이라고 말하곤 한다. 그러나 관계가 끝나는 순간 입장은 뒤바뀌게 된다. 상대방에게 최선을 다해 사랑을 표현하고 많이 노력했던 사람은 관계가 끝나도 후회 없이 돌아서지만 자신을 갑이라 여기고 상대방을 당연하게 여겼던 사람은 자신이 그동안 받아왔던 사랑과 배려가 얼마나 크고 깊었는지를, 그 사람을 잃고 나서야 깨닫는다. 후회는 언제나 뒤늦은 법이다. 지금 당신 곁에 머무는 사람은 당신을 사랑한다는 이유로 배려하고 양보하는 것일 뿐. 그러니 상대방이 베푸는 배려와 노력에 항상 감사하며 서로를 갑으로 위해주는 멋진 마음으로 관계를 이어 나가보자.

수명이
다한
관계

사랑의 반대말은 분노라고 생각했다. 사랑하지 않으니까 분노하고 미워하게 되는 것이라고. 하지만 사람을 향해 분노하고 미워하는 건, 인정하기 싫은 짙은 사랑이 아직도 공고히 남아 있기 때문이란 걸 알았다.

사랑이 깨끗하게 사라진 자리에는 초연함만 남는다. 그래서 수명이 다한 관계는 화가 나야 하는 상황에서도 오히려 더 차분해진다.

화가 나지 않고 밉지도 않고 관계의 끈이 탁 하고 잘려 다신 이어지지 않을 것이라는 확신이 찾아온다. 최선을 다해 관계를 개선하기 위해 노력했던 사람은 더더욱.

애정이 있는 사람에게는 어떻게든 함께하고 싶은 마음이 크기 때문에 때론 밉기도 하고 화도 나지만, 애정이 없는 사람에겐 바라는 것도 없고 기대하는 바도 없어 아무런 감정이 들지 않는다.

내가 사랑했던 사람이고 예전엔 분명 화가 났던 상황임에도 어떠한 감정의 동요가 없는 나를 보고 알아차렸다.

이 관계에 가득했던 사랑은 의무감이 된 지 오래고, 영원할 것만 같았던 우리의 관계에는 이미 이별이 다가와 있었다는 걸.

이별을

통해

배우는

것들

1. '나'를 알아갈 수 있다.

사랑했던 사람과 이별하는 순간에는 내면 깊이 잠자고 있던 짙은 감정들이 모두 깨어난다. 그 감정들로 인해 고통스럽지만 그동안 알지 못했던 나의 감정을 발견하고 위로하는 시간을 가질 수 있다. 이 시간을 거쳐야 비로소 '나'를 더 깊이 이해하고 알아가게 되는 것이다.

2. 반성하는 시간을 가질 수 있다.

나의 일부처럼 여겼던 이와 이별하면 그 존재가 더욱 선명해진다. 가까이에선 보이지 않았던 그 사람의 사소한 행동들을 떠올리면서 내가 놓치고 있었던 것들이 무엇이었는지 돌이켜보며 타인을 이해하고 반성하는 시간을 가질 수 있다.

3. 인연에 대한 가치관이 확고해진다.

하나부터 열까지 많은 것이 다른 두 존재가 인연이 되어 같은 추억
을 쌓는다는 것은 기적 같은 일이었음을 이별 뒤에 깨닫는다. 또한
내게 가까운 인연을 만드는 데 기준과 가치관이 명확해지면서 이별
을 통해 모호했던 점들이 확실해진다.

후회와 죄책감, 슬픔이란 감정을 가져오는 이별은 언제나 낯설다.
만남이 있으면 이별도 있다는 것을 머리로는 알고 있지만 내게 익
숙한 존재가 되어버리는 순간 까맣게 잊어버리고 만다. 나와 연결
된 많은 인연과의 이별은 피할 수 없으니 후회로 남는 이별이 없도
록 함께하는 이들에게 마음을 다해야겠다.

또 한 번

사랑에 빠지는
순간

1. 멀리서 날 보고 활짝 웃는 모습을 목격했을 때.
2. 언제나 이름을 붙여 다정하게 불러줄 때.
3. 음식을 먹을 땐 꼭 나부터 챙겨줄 때.
4. 아프면 하루 종일 안부를 살펴줄 때.
5. 힘든 일을 털어놓으면 나보다 더 화를 내줄 때.
6. 한껏 신경 쓰고 나온 모습을 볼 때.
7. 진심을 담아 "사랑해"라고 말해줄 때.

사랑하는 사람에게
'척'하는,

너에게

사랑하는 사람에겐 힘들어도 괜찮은 척 위태로워도 태연한 척을 하게 되는 경우가 참 많죠. 척하지 않으면 혹여나 내가 잠겨 있는 슬픔이라는 바다에 그 사람마저 퐁당 빠져버릴까 봐 척하지 않을 수 없는 상황들이 생겨요. 하지만 내가 사랑하는 사람이 많이 아파하고 힘들어했다는 사실을 뒤늦게 알게 되면 그들은 그동안 알아주지 못했다는 사실에 내가 잠겨 있던 슬픔보다 몇 배는 큰 눈물이 가슴에 차올라 평생의 한으로 남게 될 거예요. 당신을 사랑하는 이들은 당신이 아파할 때 같이 아파해 주고 당신이 행복할 때 함께 기뻐하면서 당신의 인생과 함께 호흡하며 살아가기를 각오한 사람들이에요. 그러니 적어도 사랑하는 사람들에겐 솔직해져도 괜찮아요.

3장

예쁜
마음은

예쁜 일을
부른다

진짜
행복한
사람은

행복한 사진, 행복한 모습을
과하고 유난스럽게 이야기하거나

전시하는 사람의 모습을
그대로 믿지 않는다.

정말 행복하게 사는 사람들은
담담하고 평온하다.

이들은 자신의 삶을 아우르는
모든 일에 조용히 감사하고

사랑하는 사람들과 함께하는
소소한 행복을 잘 발견한다.

이미 삶의 만족도가 높기 때문에
이러한 순간을 특별하게 기록하고
자랑할 필요성을 느끼지 못한다.

행복을 전시하지 않아도 된다.

행복은 누군가에게
부러움을 사는 것이 아니라

일상을 대하는
나의 태도로 완성되는 것이다.

내
가치는

내가
결정해

'멋지고 예쁜 사람', '공부를 잘하는 사람'
'돈을 잘 버는 사람', '자존감이 높은 사람'
이름 앞에 붙는 수식어를 가지지 못하면
도태되는 사회에 익숙한 우리는

어렸을 때부터 어른이 될 때까지
평생에 걸쳐 '어떠한 사람'이 되기 위해
악을 쓰며 살아간다.

그러나 수식어가 거창하면 거창할수록
행복을 음미하는 유효기간은 짧아지며
더 좋은 수식어에 대한 갈증만 고조된다.

사회가 나의 존재 가치를

수식어로 판단해 버리는 것은
막을 수 없을지라도

내가 어떤 마음을 먹느냐에 따라
사회의 판단에 내 가치를 맡기지 않고
사회의 분위기에 휘둘리지 않을 수는 있다.

나는 모양새와 품질에 따라
돈으로 가치를 매기는 판매 상품과 달리

이미 가치를 지닌 채 존재하고 있다는 걸 기억하며

나의 가치를 결정짓는 모든 수식어에서
자유로워지기로 결심했다.

눈치 보며

살 필요 없는
이유

1. 사람들은 남에게 관심이 없다.

타인에게 언행을 조심하는 사람일수록 다른 사람의 마음을 더 우선
으로 생각한다. 그러다 보면 아주 사소한 일에도 눈치 보는 일이 많
아지고 자아까지 흔들릴 수 있는데 그럴 필요 없다. 보통 사람들은
생각보다 타인의 사소한 부분에까지 관심을 두지 않는다.

2. 어이없는 지적은 무시해도 된다.

외모, 옷, 직업, 가족 등 한 사람의 지극히 개인적인 부분에 대해 왈
가왈부하는 사람들의 말은 나를 위한 것이 아니다. 그저 타인의 허
점을 지적하며 본인의 불행을 잠재우기 위한 수단에 불과한 말이니
무시가 답이다.

3. 눈치 보기엔 인생이 너무 짧다.

'다른 사람이 날 이상하게 생각할까 봐', '남들이 싫어하는 선택일까 봐' 등 떠밀리듯 살아온 시간은 자아가 분명하지 않았던 학생 때만으로도 충분하다. 순식간에 지나가 버리는 이 찰나의 인생을 남의 눈치를 보며 살기엔 너무 억울하지 않은가.

눈치를 보며 머뭇거리기엔 우리에게 주어진 시간이 너무도 짧다. 타인에게 피해를 주지 않는 선에서 내가 할 일, 하고 싶은 일을 잘 해내며 살아가자.

나를
사랑하는

첫걸음

나를 사랑하지 않을 땐 누군가에게 사랑을 받아야 행복했지만
나를 사랑한 뒤로는 '나'와 함께하는 것에 행복을 느낀다.

나를 사랑하지 않을 땐 내 단점에 몰두해 자책하기 바빴지만
나를 사랑한 뒤로는 내 장점과 단점을 파악해 보완할 부분을 찾는다.

나를 사랑하지 않을 땐 결과가 좋을 때만 나를 격려했지만
나를 사랑한 뒤로는 결과가 나쁘면 나를 더 격려해 준다.

자존감이 낮았던 나는 나를 사랑하지 못해서 내 존재를 쓸모없고 무가치하다고 여겼다. 아무리 남에게 사랑을 받는다 해도 내가 나의 가치를 알지 못하면 하루가 공허해지고 이런 나에게 지쳐 주변 사람들도 하나둘 떠나가게 된다.

내가 살아온 시간들을 애정으로 바라보는 것. 버텨온 시간들을 존중하며 위로와 격려의 말을 건네보는 것. 이것이 바로 나를 사랑하는 첫걸음이다.

모든 것에 완벽하기보단,
귀여운 틈이 있는 당신이 좋아요.

자존감을
떨어뜨리는

요소

하나라도 완벽하게 갖추어지지 않으면
시작하기를 주저했고

목표로 하는 일을 호기롭게 시작했다가도
흠집 같은 일이 하나라도 생기면
이내 포기해 버리곤 했다.

뭐든 완벽하게 해내겠다는
강박의 굴레에서 살아오면서

끝내 이루지 못한 것들만 쌓여
스스로 빚을 지는 느낌이 들었다.

마음은 무거워지고 자신감은 떨어졌다.

이젠 완벽이란 강박에서
조금씩 멀어지려고 노력하고 있다.

사람, 일, 인간관계 등
인생을 이루는 모든 것에는
완벽이란 성립될 수 없음을

인간은 불완전한
존재임을 인정하고 나니

불완전한 그 자체로 존재하는
모든 것들이 더 아름답고
완벽해 보인다.

자존감을
높여주는

작은
습관들

1. 다른 사람과 비교하지 않기.
2. 내가 힘들 땐 내가 더 격려해 주기.
3. 목표를 작게 잡고 자주 성취해 보기.
4. 나만의 취향과 기준을 만들어가기.
5. 내가 봐도 멋진 내 모습 칭찬해 주기.
6. 남에게 잘 보이려 애쓰지 않기.
7. 어떤 상황에서도 나를 잃지 않기.

진짜
자존감이 높은
사람은

자존감이 높은 사람은 자신의 실수를 인정하고 바로 뉘우치지만
자기애만 높은 사람은 자신의 실수를 절대 인정하지 않는다.

자존감이 높은 사람은 자신의 단점도 수용하지만
자기애만 높은 사람은 자신의 장점만 수용한다.

자존감이 높은 사람은 상대방의 장점을 보며 존경심을 갖지만
자기애만 높은 사람은 상대방의 단점을 지적하며 자신이 우월하다
고 여긴다.

이처럼 자존감이 높은 것과 자기애가 과잉된 것은 아예 다르다. 자기애만 높은 사람은 자신의 강점만 내세우고, 그런 자신을 계속해서 타인에게 증명하기 위해 애쓰는 삶을 살아간다. 자신의 단점을 수용하면서 지혜롭고 여유로운 사람으로 살아가고자 한다면 일시적인 방법으로 자존감을 잠시 올리는 데 그치지 않고 나의 감정을 살피는 시간을 가지며 때때로 낮아지는 자존감을 스스로 회복할 수 있는 힘을 가진 사람으로 거듭나 보자.

싫어하는
일일수록

가장
먼저 하기

퇴근한 뒤 집에 들어서는 순간부터 쉬고 싶은 마음이 간절해진다. 그래서 현관문을 여는 순간 싫어하는 일일수록 가장 먼저 해치워 버린다.

문 앞에 미리 쌓아둔 쓰레기를 들고 밖에 나가 정리를 하고, 빨리 눕고 싶은 마음에 바로 샤워를 한다. 밥을 먹은 뒤에는 쉬지 않고 곧장 설거지를 한다. 일을 할 때도 역시, 가장 하기 싫은 일부터 먼저 해결해 버린다.

그저 성격이 급해 생긴 습관이라 여겼는데 이 행동이 나에게 심리적으로 꽤 도움을 주었다는 생각이 들었다.

지금 당장의 편안함을 포기하고 미래의 기분을 먼저 생각해 주는 이 작은 태도가 나를 조금 더 오래 행복하게 해주는 장치가 되어주고 있었던 것이다.

게다가 싫다는 마음을 이겨내고 실천하는 자신의 모습에 스스로 대견함을 느끼며 충만한 자기 가치감과 자존감까지 얻고 있었다.

여러분들도 지금 당장의 기분보다 미래의 기분을 만족시킬 수 있는 작은 일들부터 실천해 보면 어떨까. 이 작은 습관이 의외로 긍정적인 방향으로의 큰 변화를 가져올 수 있을지 모른다.

내가 봐도

내가

멋있을 때

1. 내가 하는 일에 최선을 다할 때.

2. 목표했던 일을 끝내 이루어냈을 때.

3. 화가 난 상황에서도 이성적으로 대응할 때.

4. 누가 보지 않아도 양심적으로 행동할 때.

5. 타인에게 자발적인 선행을 베풀었을 때.

6. 다수의 의견에 휘둘리지 않고 소신을 지킬 때.

7. 힘든 일이 있음에도 잘 견디고 살아갈 때.

뒤처지는 것 같아
불안한,

너에게

무언가 완성되지 않은 것 같고, 목표에 도달하지 못하고 있는 것 같아 불안한 당신은 끊임없이 성장해야 한다는 강박에 시달리고 있을지 몰라요. 저는 이런 당신에게 힘찬 박수와 응원을 보내고 싶어요. 당신은 자신의 삶이 완성되었다고 여기지 않고 성장하기 위해 계속해서 노력하고 있을 테니까요. 한 발만 떨어져서 바라보면 당신은 이미 충분히 많은 것을 이루었을 거예요. 그저 당신의 목표와 달라서 눈에 들어오고 있지 않을 뿐. 당신의 노력을 아무도 몰라주는 것 같고, 세상이 인정해 주지 않는 것 같고, 그래서 나만 제자리걸음인 것 같겠지요. 그러나 불안해 말아요. 불안과 고민이 당신을 주저앉히도록 물을 주고 키우지 말아요. 아무리 작더라도 당신이 이룬 작은 일들에 눈길을 주고 물을 주어봐요. 그것이 내가 나를 응원하는 또 다른 방법일지 모르거든요.

마음
편하게 사는
방법

1. 미리 걱정하지 않는다.

걱정이 지속되면 불안함이 생겨난다. 불안함이란 감정은 인생에 많은 걸림돌을 만들어낸다. 순조롭게 흘러갈 수 있는 일이 걱정과 불안이 빚어낸 장애물들로 인해 어그러지는 경우가 종종 발생한다. 벌어지지 않은 일을 걱정하기 전에 지금 할 수 있는 일에 더 집중하는 태도를 기르는 것이 필요하다.

2. 다른 사람의 말에 휘둘리지 않는다.

나를 향한 무례한 말 혹은 달콤한 칭찬에 휘둘리면 내 감정의 주도권은 타인이 쥐게 된다. 즉 내 기분이 상대의 말에 좌지우지되는 일이 많아지는 것이다. 다른 사람이 어떤 말을 해도 휘둘리지 않는 내면의 힘을 기르는 것이야말로 평온함을 유지하는 비결이 아닐까.

3. 미워하는 사람을 만들지 않는다.

상대를 향한 질투와 시기는 열등감을 만들어낸다. 사람을 습관적으로 헐뜯으려 하는 사람은 타인을 미워하는 것이 점점 쉬워진다. 사람을 미워하면 자신의 내면에 악한 마음이 싹트기 시작하고 이 미움의 싹이 나중엔 지옥으로 변할 수 있음을 기억해야 한다.

4. 너무 힘주어 살지 않는다.

원하는 꿈과 목표가 있는 것은 좋지만 그것을 이루는 데에만 몰두하면 쉽게 지치고 만다. 더불어 건강, 사람, 추억 등 소중한 것을 놓칠 수 있다. 너무 힘주어 달려가기보다는 주변을 둘러보며 여유롭게 걸어가는 방법을 터득해 보자.

인생이라는 것 자체가 애초에 희로애락을 품고 있기 때문에 편하게 만 살 수 없다는 걸 알고 있다. 그렇지만 내게 닥친 희로애락에 어떤 태도로 대응하느냐에 따라 인생은 분명히 다른 양상을 띤다는 걸 명심하자.

속이
깊은

사람들은

속이 깊은 사람들은
한 번 더 생각하고 말한다.

'참 속이 깊다'라고 느껴지는 사람들은
상대방이 들었을 때 조금이라도
불쾌하고 불편한 말은 하지 않는다.

이것은 쉬워 보이지만
결코 쉽지 않은 일이다.

나의 말과 행동이 타인에게
어떤 영향을 끼칠지 넓게 바라봐야 하고

매번 나의 언행을 몇 번이나 곱씹어야 하는
퍽 번거롭고 힘든 일이다.

이런 수고로움을 감수하면서까지
섣부른 행동을 자제해 주고

한 번 더 말을 삼켜주는
그들의 심연과 같이 푸르고 짙은
배려의 깊이가 나는 참 좋다.

나만의
강점이
되어주는 말

소심하다는 건 내 마음을 지킬 줄 안다는 것이고
걱정이 많다는 건 무언가 잘해내고 싶은 마음이 크다는 것이다.

두려움이 많다는 건 그만큼 더 신중하다는 것이고
예민하다는 건 보이지 않는 점까지 느낄 수 있다는 것이다.

이처럼 말이라는 것은 내가 어떤 마음으로 바라보고 어떤 의미를
붙이느냐에 따라 완전히 달라진다. 단점이라 생각되었던 표현도 어
떻게 정의 내리느냐에 따라 특별한 강점이 되곤 한다. 그런 의미에
서 여러 단어들을 사전에 등록되어 있는 정의와는 별개로 나의 경
험과 가치관을 담아 재정의해 보면 어떨까. 그렇다면 나를 두고 "소
심하다", "예민하다" 이러쿵저러쿵 판단하는 사람들의 섣부른 말들
에 동요하는 일이 줄어들고 나만의 강점을 다듬을 기회를 가질 수
있을 것이다.

예민한
사람에게 하면

안 되는
금지어

예민한 사람에게 가장 상처 되는 말은 "너 참 예민하다"이다. 예민한 사람들은 스스로 예민하다는 것을 너무 잘 알고 있다. 따라서 어떤 일이 생기면 '내가 너무 예민했나'라고 생각하며 자신의 감정을 의심하고 혹여나 무례했던 것은 아닐지 걱정에 걱정을 거듭한다. 이렇게 스스로 예민하다는 사실을 이미 잘 알고 있는 사람에게 예민하다고 말하는 것은 "네가 유별난 거야"라고 지적하는 것과 같다. 그래서 이 말은 예민한 사람이 본인의 예민함에 지치고 좌절하게 만든다. 혹시 당신 주변에 예민한 감수성을 가진 친구, 가족, 아이가 있다면 그들이 가진 예민한 감성의 강점을 바라봐 주고 그들이 자신의 예민함을 특별함으로 느끼고 사랑할 수 있도록 따뜻하게 격려해 주자.

예민한
사람들의

특별한
능력

1. 행복을 200퍼센트 느낄 줄 안다.

예민한 사람들은 날씨, 컨디션, 주변 상황에 영향을 받을 정도로 감
각이 발달되어 있어서 금방 지치고 피곤해질 때가 많다. 그러나 그
들은 반대로 행복하고 기쁜 순간을 포착했을 때 그 감정을 100퍼센
트 이상 음미할 수 있는 아름다운 능력을 가지고 있다.

2. 주변 분위기와 흐름을 잘 파악한다.

그들은 보통 사람은 느끼지 못하고 지나치는 작은 순간과 분위기를
빨리 알아차려서 상대방이 필요로 하는 것이 무엇인지 파악해 챙겨
주고 상황에 맞는 대처로 센스 있게 위기를 모면한다.

3. 독창적이고 창의적이다.

예민한 감성을 가진 그들은 평소 다양한 감정을 느끼고 감정 기복이 잦다. 그래서 그만큼 자신만의 색깔이 담긴 이야기를 많이 가지고 있다. 이러한 그들의 가치는 자신이 좋아하는 것을 통해 더 발전하고 결과물을 창조해 내는 것으로 그 독창적인 능력을 발휘한다.

4. 사람에게 상처를 주지 않으려고 많은 노력을 기울인다.

그들은 다른 사람의 언행에 영향을 많이 받고 상처도 잘 받기 때문에 타인에게 말 한마디를 건넬 때도 주의 깊게 말을 하고 오해 사는 행동을 하지 않으려고 평상시에도 많은 노력을 기울인다.

5. 예민한 자신을 잘 알고 있다.

일상에서 남들보다 많이 신경을 쓰고 긴장된 마음으로 살아가는 자신의 성향이 혹여나 다른 사람에게 부담이나 불쾌함을 주진 않을지 끊임없이 자신의 태도를 점검하고 반성하고 성장하는 능력을 가졌다.

예민한 감성을 가진 사람들은 보통 자신의 성향을 긍정적으로 바라보기보단 유난하고 피곤한 것이라 여긴다. 남들보다 많은 감정을 느끼고 생각 또한 많기 때문에 스스로 피곤할 때가 잦다. 섬세하고 예민한 감성에 담긴 장점에 주목하여 자신만의 특별한 능력을 사랑해 주자.

'괜찮아'라는
말 속에 담긴

진짜 의미

"괜찮아"라고 자주 말하는 사람들의 '괜찮아' 속에 담긴 진짜 의미는, "네가 내 걱정할까 봐 걱정돼. 난 괜찮으니까 걱정하지 마"라는 것이다. 즉 깊은 배려심이 함축된 말이라 할 수 있다. 그들은 혹여나 자신 때문에 다른 사람의 마음까지 무거워질까 봐 힘든 일이 있어도 혼자 속으로 삭이고 쉽게 마음을 털어놓지 못한다. 만약 당신 곁에 어떤 일이 있어도 괜찮다고 자주 말하는 사람이 있다면 괜찮다는 그들의 말에 정말 괜찮은 거냐고 되묻는 대신 평상시처럼 말을 건네고 평상시보다 더 다정한 온도로 관심을 기울여주자. 그럼 그것만으로도 그 사람은 당신의 배려와 사랑을 알아차리고 '그래 다시 힘을 내보자'고 조용히 읊조리며 기운을 차리게 될 것이다.

강한
신념은

교만으로
이어진다

"이런 사람은 이럴 거야." "내 말이 맞아." 과하게 확신에 찬 사람의 말을 들으면 멋지다고 생각되기보다는 마음이 불편해진다.

나 역시 한 살씩 나이가 들수록 강하게 확신하는 것들이 생겨났고 나도 모르게 내 말이 맞다고 주장하는 경우가 늘어났다.

그러다 어느 순간 신념이 너무 과하면 자기만의 세계에 철저히 갇혀버린다는 걸 깨달았다. 다른 사람의 생각과 뜻은 틀렸고, 내 생각만 옳고 위대하다고 느끼는 철저한 어리석음.

이런 모습과 가까워지지 않도록 강하게 믿게 되는 모든 신념으로부터 거리를 두려고 한다. 겸손함을 챙기고, 세상과 연결될 수 있게 마음의 창을 열어두려 한다.

순간의
감정을

참지
못하면

　　　　　　　　　　　　많은 걸　　　잃고 만다

직장에 다닐 때 만난 상사들은
자기 감정을 주체하지 못하고
남에게 푼다는 공통점이 있었다.

그들은 문제의 본질을 잊은 채
직원들에게 고함을 지르거나

인격을 모독하는 말을 퍼부으며
주기적으로 감정을 해소했다.

그들에게서 많은 걸 배웠다.
인간이 스스로 감정을 다루지 못하면

자기 자신을 잃게 되고
귀한 인연들도 잃게 된다는 걸.

그리고 그들을 보면서
가까운 사람을 감정 쓰레기통쯤으로
생각하는 미성숙한 사람이 아닌

감정의 주도권을 단단히 잡고
부드럽게 표현할 줄 아는
성숙한 사람이 되고 싶어졌다.

내가 뱉은
독한 말들이

        결국

나를
망가뜨린다

내세울 것 없는 사람이라며 나는 나를 부끄러워했다. 작은 실수도
용납하지 않고 나는 나를 쉽게 타박했다.

나는 나를 있는 힘껏 미워했고 온갖 모진 말들로 몰아세웠다.

내가 뱉은 모든 말들은 나를 정말 그런 사람으로 만들어갔고 내가
말한 대로 난 완벽하게 불행한 사람으로 변해갔다.

말이란 것은 그 성질이 독할수록 한 인간을 구속시켜 버리는 힘을
가졌음을 이젠 잘 알고 있다.

그래서 탁한 말이 나오려 할 때면 '충분히 잘하고 있어', '쉬어 가도 돼' 같은 맑은 말들을 꺼내본다.

내가 뱉은 말처럼 살게 된다면 지금까지와 같은 지리멸렬한 굴레에서 벗어나 행복한 삶을 영위하고 싶기 때문이다.

누군가가

못마땅해
보인다면

"이 여자 진짜 별로지?"
"그러는 척하는 거겠지."

참 이상했다. 함께 일했던 그 사람은 눈에 보이는 모든 사람을, 심지어 아이까지도 섣부르게 짐작한 후 신랄하게 평가하고 미워했다.

잔뜩 성을 내며 말하는 친구를 보고 있노라면 타인에게 비친 자신을 향해 비난을 쏟아내는 것처럼 느껴졌다.

친구를 이해할 수 없어 결국 멀어졌지만 나라고 특별히 성스러운 인간은 아님을 느꼈다.

내게 특별히 해를 끼친 게 없음에도 왠지 밉고, 트집을 잡게 되는 사람들을 만날 때가 있었는데, 순간 그 친구의 모습이 떠올라 지금 이 마음은 타인에게 투영된 나를 향한 힐난임을 바로 눈치챌 수 있었다.

돌아가고

싶지 않은

순간

그런 날이 있다. 여느 때처럼 같은 시간에 같은 길을 걷고 똑같이 살아가는데 불쑥 떠오른 생각이 꼬리에 꼬리를 물어 돌아가고 싶지 않던 순간의 나를 다시 만나게 되는 날. 이젠 돌이킬 수 없다는 삶에 대한 무력감에 처참히 무너지는 날. 언제쯤 잊힐까, 언제쯤 옅어질까, 아무리 시간이 지나도 한번 자리 잡은 상처는 좀처럼 사라지지 않는다. 한 번씩 무너지는 일이 없었으면 하는 바람이지만 이루어질 수 없는 욕심이라는 걸 잘 안다. 같은 상처에 아파하더라도 그저 담백하게 때론 담담하게 잘 받아들이길 바랄 뿐이다.

시간이
약이라는
거짓말

"시간이 약이야"라는 말은 왠지 모르게 서글프다.

책, 영화 하물며 많은 TV 프로그램에서 심리 상담사, 교수, 박사 들이 이론과 경험에 근거해 건네는 조언이라 헛된 말은 아님을 알지만 그럼에도 난 그들의 말에 쉽게 동의하고 싶지 않다. 시간이 약이 되지 않는 상처를 품고 살기에 더욱 그럴 것이다.

특히 사람을 잃은 상실감은 그 어떤 것으로도 채워지지 않는다.

흐르는 시간 덕분에 상처받은 그 시기에서 멀어지면서 이젠 예전 처럼 매일 울진 않지만 밥을 먹다가, 길을 걷다가, 이야기하다가 문득 생각날 때면 나는 다시 그때의 여린 아이가 되어 서럽게 눈물짓는다.

그때와 달라진 것이 있다면 속절없이 흐른 세월 속에서 아파하는 시간이 줄어들었다는 것일 뿐, 저릿한 고통의 농도는 여전히 어제 일처럼 생생하고 아프다.

요즘같이 반가운 바람이 불고 깊어진 하늘을 바라보게 되는 계절이 찾아오면 계절을 핑계 삼아 그리운 마음을 자주 꺼내어 보며 아이처럼 울곤 한다. 갈수록 희미해지는 얼굴을 다시 기억하기 위해.

소중한 이름

잃은,

너에게

소중한 존재를 잃어본 사람은 알아요. 거리를 걷다가 예쁜 풍경을 보았을 때, 맛있는 음식을 먹을 때, 좋은 일이 생겼을 때 사소한 순간들을 누군가와 공유할 수 없다는 것이 얼마나 큰 슬픔인지를. 그렇기 때문에 잘 알고 있는 것도 있어요. 코끝을 스치는 바람과 계절의 볕에 따라 달라지는 풍경, 이 황홀한 아름다움을 함께 보고 느낄 수 있는 이가 곁에 존재한다는 것이 얼마나 큰 기쁨이고 행복인지를. 당신은 웃으며 일상을 살아가고 있겠지만 '나의 그리운 이들은 얼어 있는 풍경에 봄의 다정한 발걸음이 완전히 멈추는 날에야 만날 수 있겠지'라는 생각을 하며 하루하루 버티고 있겠죠. 그때가 언제일진 모르지만 시간이 많이 흘러 알아보기 어렵더라도 당신은 그 사람을 어떻게든 만날 거라 믿어요. 매일매일 그리워하고 있으니까요.

상처 입은
아이가
어른이 되면

1. 힘든 일이 생기면 크게 절망하고 좌절한다.
2. 어디에서나 사랑받기 위해 애를 쓰게 된다.
3. 특정인에게 애정을 갈구하고 집착한다.
4. 있는 그대로의 자신을 보여주지 못한다.
5. 자신의 가치를 타인의 인정 속에서 찾으려 한다.
6. 행복할 때 오히려 더 불안함을 느낀다.
7. 상처의 고통을 평생 안고 살아가야 한다.

8. 불면증, 우울증, 분리불안 등 정신질환에 시달린다.

9. 부모를 원망하고 미워하는 마음이 들지만 그런 자신이 잘못됐다고 생각해 자괴감에 빠진다.

10. 훗날 아이에게 똑같은 상처를 줄까 봐 걱정한다.

11. 자신은 사랑받을 만한 존재가 아니라고 생각한다.

12. 친밀한 관계 형성에 대한 두려움이 크다.

13. 자기 자신을 위로하고 사랑하는 데 서툴다.

14. 낮은 자존감을 회복하고 치유하며 살아가야 한다.

나의
결핍들이
지금의 나를
키워냈다

온전한 챙김을 받지 못한 환경에서 자라오며 눈치껏 알아서 해야
하고 혼자 결정해야 할 일들이 많았다.

일찍부터 겪어야 했던 엄마와의 이별로 난 늘 누군가에게 필요한
사람이 되고 싶어 했고, 사랑받고 싶어 했다.

독단적이고, 불안하고, 사랑을 갈구하는 나의 하찮고 오래된 결핍
을 아무에게도 들키지 않으려 숨겨왔는데

내게 결핍이 없었다면
그 누구에게도 손 벌리지 않고
독립적으로 살아가는 내가 없고

내 분야에 있어서만큼은
쓸모 있는 사람이 되기 위해 노력하는
지금의 내 모습도 없었을 거라 생각하니

지금의 나를 키워낸 건
나의 모든 아픔과 결핍이었구나,
결코 쓸모없는 시간은 아니었구나,
인정할 수밖에 없었다.

당신은

원래 빛나는
사람

'사랑받고 자란 사람은 이렇다'
'사랑받지 못한 사람은 저렇다'
라는 이야기가 많이 있지만

사랑을 받았든 받지 못했든 그것은 내가 선택할 수 없는 운명이었
을 뿐, 좋지 않은 환경에서 자랐다고 하여 죄책감을 느낄 필요도, 위
축될 필요도 없다.

당신이 선택할 수 없었으나 감당할 수밖에 없었던 그 많은 일들에
서 하나씩 배우고 다듬어가며 진짜 내 가치를 찾아내면 된다.

어쩔 수 없었던 운명에서 벗어나고 싶은 당신이라면 과거로부터 이
어져 온 악습관들은 과감히 버리고 본래 빛나는 나라는 사람 위에
쌓인 먼지를 털어내어 진짜 내 가치를 되찾자.

나의
결함을

마주 볼
용기

타인에 대해 쉽게 이야기하는 사람들은 자신의 결함에 대해선 절대 입을 열지 않을뿐더러 본인의 결함을 자각하지 못한다. 남들도 자신처럼 남의 단점을 약점으로 잡아 자신을 얕볼 거라 믿고 장점만 과시하며 살아간다. 정말 용기 있는 사람이란 다른 사람에 대해 왈가왈부하며 목소리를 높이는 것이 아닌, 자신의 결함을 정면으로 마주하고 그것을 보완하기 위해 때론 자책하고 때론 넘어질 줄도 아는 사람일 것이다.

성공과
실패로

삶이
갈리는

결정적 이유

현명한 사람은 자신의 실수를 깨끗하게 인정하고
무례한 사람은 자신의 실수를 다른 사람의 탓으로 돌린다.

지혜로운 사람은 잘난 사람들을 보면 배울 점을 찾고
어리석은 사람은 잘난 사람들을 보면 단점부터 찾는다.

겸손한 사람은 잘될수록 더 낮은 자세로 세상을 올려다보고
거만한 사람은 잘될수록 더 높은 자세로 세상을 내려다본다.

그들은 같은 세상에 존재하지만 전혀 다른 삶을 살아간다. 그들의
삶이 달라지는 결정적인 이유는 자신을 객관적으로 바라보는 메타
인지 능력에 있다. 메타인지가 높으면 내게 일어나는 감정, 상황을
보다 이성적으로 판단하여 마침내 좋은 결과를 낳게 된다. 삶을 품
위 있게 영위하는 사람이 되고 싶다면 메타인지를 높이는 연습을

통해 어제보다 나은 나로 거듭나 보자.

일상에서 메타인지를 높일 수 있는 세 가지 방법은, 첫 번째로는 관찰자가 되어야 한다. 내가 말하고 행동하는 것을 그냥 지나치지 않고 관찰자처럼 늘 나를 탐구하는 시선을 가져야 한다. 지금 나는 왜 불쾌함을 느끼는지, 과연 내가 누군가에게 충고할 만한 사람인지 관찰하는 것이다. 두 번째는 이렇게 나에 대해 관찰한 내용을 솔직하게 기록하는 일이다. 인간은 자신의 일기장에도 거짓말을 한다고 한다. 그만큼 나의 진짜 모습을 마주하는 건 곤욕스럽고 어려운 일이다. 그럼에도 가감 없이 자신에 대해 기록하다 보면 숨기고 싶었던 나의 모습을 인정하고 나의 모난 모습도 이해할 수 있게 된다. 이것은 '나'란 사람을 입체적으로 바라보게 하고 자연스럽게 이해도를 높아지게 만들어 메타인지 능력을 심어준다. 마지막 세 번째는 심리와 관련된 책과 콘텐츠를 자주 접해보는 것이다. 인간에겐 아주 먼 과거부터 축적되어 온 본능이 자리 잡고 있는데, 이 본능과 더불어 한 개인의 선천적인 성향, 자라온 환경의 영향 등을 알아가다 보면 내가 표출하는 말과 행동에 숨어 있는 의미를 이해할 수 있게 된다. 더불어 타인을 대할 때도 겉모습만 보고 덜컥 믿기보단 한 번 더 상대를 다각도로 살필 수 있다. 인간에 대한 높은 이해도는 메타인지에 필수 요소인 넓은 아량과 입체적인 시야를 기르는 데 큰 도움을 준다.

무시해도

좋은 말

나에 대한 애정이 없는 사람의 말에 감정을 소모할 필요 없다. 잔잔한 하루하루를 보내다가도 누군가 던진 말에 내 일상에 균열이 생길 때가 있다. 이러한 균열은 '내가 이상한 건가?'라는 자책과 의심을 불러와 나를 뒤흔들어 놓곤 한다.

일상에 생긴 균열을 방치하는 시간이 길어질수록 스트레스 지수는 높아지고 불안과 긴장이 고조되면서 업무에 영향을 끼치는 등 하나씩 놓치는 일들이 생겨난다.

인생에서 일어나는 모든 일에 큰 의미를 둘 필요는 없다.

무례한 이들의 언행과 같이 하찮은 일에 지나지 않는 것들은 더욱더.

지쳐 있을 때

듣고 싶은
말

1. 요즘 많이 힘들었지?

2. 혼자 감당하느라 고생 많았어.

3. 어떻게 맨날 잘할 수 있겠어.

4. 잠깐 쉬었다 가도 괜찮아.

5. 사람마다 삶의 방향과 속도는 달라.

6. 너무 조급해할 것 없어.

7. 지금도 충분히 잘하고 있어.

다 포기하고

싶을 땐

기억하자

1. 인생은 생각보다 별것 아니다.

2. 그 어떤 일에도 끝은 있다.

3. 고난 뒤에는 반드시 보상이 따른다.

4. 동트기 전이 가장 어두운 법이다.

5. 낮은 곳에 있다고 움츠러들 필요 없다.

6. 더 높이 비상할 일만 남았으니까.

전력을
다하면

              금방
              지친다

새벽 일찍 일어나 글을 쓴 뒤 출근하고, 주말에도 글을 쓰면서 전력을 다해 산 적이 있었다.

이런 시간이 쌓일수록 휴일에도 의미 있는 일을 해야 한다는 강박에 마음 놓고 쉬지 못해 갈수록 예민해졌다.

그러다 모든 것에 지쳐버렸다.

나의 한계를 알게 된 후에는
내가 소화할 수 있는 에너지의 전부가 아닌
일부분을 사용하기 위해 조절하고 있다.

결국
오래도록 행복한 사람은

자신의 능력을 꾸준하게 잘 조절하며 주변 사람에게도 사랑을 표현
하면서 사는 사람이라는 걸 알게 됐으니까.

과거의 나를 안아주고
오늘의 나를 사랑하고
내일의 나를 믿어주며
한 걸음씩 내디뎌보자.

다시 기운 내는 방법

1. 휴식할 땐 죄책감 가지지 않기

열심히 살아온 사람일수록 일하지 않는 시간은 낭비라고 생각한다. 하지만 휴식은 몸과 마음에 가득한 불순물들을 비워내는 시간, 다시 살아갈 힘을 주는 중요한 회복의 시간이다. 그러니 죄책감은 과감히 버려도 괜찮다.

2. 좋아하는 것으로 하루 채우기

그동안 긴장된 하루하루를 보내며 마음 편히 하지 못했던 일들을 단 하루만이라도 실컷 해보는 시간을 가져보자. 드라마 보기, 맛있는 음식 먹기, 나만의 취미 생활 하기 등 내가 좋아하는 일들은 우리 인생에 활기를 불어넣어 준다.

3. 믿는 사람에게 마음 터놓기

내 마음을 편하게 이야기할 수 있을 만큼 신뢰하는 사람에게 "요즘 참 무기력하다"고 지금의 내 마음 상태를 전해보자. 그럼 내 마음을 인정받음과 동시에 기분이 한결 가벼워지고 상대방이 건네는 다정한 말과 눈빛에 몸과 마음이 따뜻해질 것이다.

인생을 매일 활기찬 마음으로 살아갈 수 있다면 얼마나 좋을까. 그러나 한 치 앞도 모르는 것이 인생이기에 우리는 아주 잠깐도 긴장의 끈을 놓지 못한 채 살아간다. 그런 나에게 무기력함이 찾아왔다면 그건 내가 못나서가 아니라 앞만 보고 열심히 살아오느라 신경의 끈이 끊어지기 바로 전까지 팽팽해졌다는 것을 의미한다. 지금이야말로 느슨하게 긴장을 풀 타이밍이라는 것을 깨닫는 것만으로도 마음에 활기가 돌 것이다.

슬플 땐

충분히
슬퍼하기

엄마의 장례식을 치르고 등교하는 첫날 약한 모습을 보이지 말자고 마음을 다잡고 교실에 들어갔던 기억이 난다. 그때부터였을까. 슬프고 힘든 일이 생기면 똑바로 마주하지 않고 눈물과 함께 감정을 삼켜버리는 것이 버릇이 되었다. 삼키고 참는 것만이 나를 위한 가장 좋은 방법이라 생각했다. 하지만 슬프고 힘든 감정은 외면하고 억누를수록 나중에 감당할 수 없을 만큼 커진다는 사실을 알았다. 그래서 이젠 슬프면 슬퍼하고, 눈물이 나면 그 눈물에 힘든 마음을 모두 실어 떠나보내려 한다. 그래야 과거에 머물지 않고 현재를 다시 살아갈 수 있으니.

다 포기하고
싶을 만큼 힘든,

너에게

제목을 읽고 마음이 쿵 내려앉았다면 당신은 지금 마음 어딘가에 커다란 짐을 지고 있는 듯 답답하고 힘든 상황일 거예요. '이렇게 힘든 일들은 왜 나에게만 일어나는 것인지' 혼자 되뇌다 보면 내 처지가 원망스럽고 힘들어, 지쳐 있는 나 자신도 원망스럽게 느껴지곤 할 테지요. 그러나 이 생이 처음인 우리에게는 모든 것이 서툴고 힘든 게 당연해요. 그런데도 우린 힘들어하는 나를 나약하다고 여기고 자책하며 스스로를 벼랑 끝으로 몰아버리곤 하죠. 요즘 모든 것을 다 포기하고 싶고 놓아버리고 싶어진다면 잠시라도 자신을 세상이 처음인 아이를 바라보듯 바라봐 주는 것은 어떨까요? 힘든 일, 고된 마음을 떠안고 홀로 벼랑 끝에 서서 불안과 두려움을 감내하고 있는 나를 부디 꼭 안아주고, 절대 놓치지 말아주세요.

근사한
하루를

보내는
방법

1. 청결하고 향긋하게 시작하기

하루의 질은 아침에 결정된다. 아침에 여유롭게 준비하는 시간을
가지면 나에게 정성을 들일 시간도 많아진다. 샤워, 식사, 단장하기
등을 통해 나를 가꾸고 돌보면 자연스럽게 근사함이란 향이 풍기게
된다.

2. 흔한 일상에 감동을 불어넣기

가까이에서 보면 흔하고 지루한 일상이지만 멀리서 바라보면 내
인생에서 단 하루뿐인 소중한 순간들이다. 다신 오지 않을 오늘의
나, 오늘의 하늘, 오늘의 대화, 오늘의 일상에 감동이란 필터를 씌워
서 마지막일 모든 풍경을 사랑한다면 근사하지 않은 하루가 없을
것이다.

3. 기분 좋은 한마디 선물하기

내 말을 가장 먼저 듣는 사람은 바로 '나'이다. 타인에게 불쾌한 말을 자주 하는 것은 나 자신에게도 불쾌함을 전하는 일이다. 다른 사람의 장점을 발견하며 기분 좋은 말을 건네면 결국 가장 행복해지는 사람은 내가 된다.

4. 내가 좋아하는 것들로 채우기

하루를 마치고 집에 돌아오면 여러 걱정과 고민이 몰려온다. 이런 잡다한 생각들은 샤워를 하며 향긋한 거품에 싹 씻어내고, 그 빈자리에 내가 좋아하는 것들을 하나씩 채워서 그날을 마무리하자. 하루의 끝에서 고생한 나를 격려해 주는 사람은 결국 '나'뿐이다.

우리가 보내는 하루의 시작과 끝 사이에는 근사하지 않은 일들이 참 많이 일어난다. 그런 일들 속에서 근사함을 잃지 않으려면 나를 먼저 다독이고, 더 상처받기 전에 나를 격려해 주는 근사한 시야, 근사한 태도를 갖출 필요가 있다.

여운이 남는
사람,

자꾸만
생각나는 사람

내가 좋은 영화, 좋은 음악, 좋은 책이라고 느끼는 모든 것들의 공통점은 여운이 많이 남는다는 것이다. 자꾸만 생각나서 다시 듣고 다시 보게 된다. 머릿속에서 잔상이 떠나지 않아 또다시 생각하기를 반복한다.

문득 나도 그런 사람이 되고 싶어졌다.

여운이 남는 사람.
자꾸만 생각나는 사람.
그리운 마음에 뒤돌아보게 되는 사람.

세상에 존재하지 않을 때도 사람들의 기억 안에서 영원할 수 있는 사람.

아끼지

않을수록

더

좋은 것들

1. 사랑하는 사람에게 건네는 다정한 말.

2. 내가 좋아하는 것들에 몰입하는 시간.

3. 나의 건강을 위해 하는 운동.

4. 편안한 사람들과의 오붓한 만남.

5. 고마운 사람에게 전하는 안부.

6. 나에게 건네는 따뜻한 격려의 말.

행복한

사람이 되는

방법

주변 사람에 대한 기대, 나에 대한 기대, 미래에 대한 기대 등 모든 일에 기대가 클수록 바라는 마음도 커지고 실망하는 마음도 점점 커지는 법이다. 기대하는 마음을 내려놓으려고 노력하면 마음이 평화로워지고 행복을 느끼는 시간도 더 길어진다.

2. 감사한 부분을 발견해 보기

작은 것에도 감사함을 발견하고 표현할 줄 아는 사람은 자신에게 다가온 일, 사람 모두 소중하지 않은 것이 없다고 느끼기 때문에 그 순간에 최선을 다한다. 이는 자연스럽게 타인에게까지 좋은 기운을 전달해 좋은 사람, 좋은 일이 다가오도록 만든다.

3. 항상 마지막인 것처럼 살기

인생은 영원하지 않다. 분명 끝이라는 것이 있고 그 마지막은 언제 어디에서 다가올지 아무도 모른다. 일상에서 스치는 당연한 모든 순간에 '마지막'을 붙여 살아보자. 그럼 소중하지 않은 순간이 없고 행복하지 않을 이유가 없다.

세상을 살아가는 우리는 한 번쯤 스스로에게 '행복이 뭘까?'라는 질문을 해본다. 이 질문에 답을 찾은 사람들은 똑같이 말한다. '행복은 선택하는 것'이라고.
우린 누구나 행복할 수 있지만 행복을 선택하는 건 철저히 본인의 몫이다.
내 마음, 생각들이 가리키는 방향이 곧 나의 행복이 되기 때문이다.

내 마음의 방향을 살피고 점검하여 마침내 당신이
"난 행복한 사람이야!"라고 외치게 되었으면 한다.

분위기 있는

사람들의
공통점

특유의 분위기를 풍기는 사람들이 있다. 그들에게는 그들만의 분위기가 은은한 향수같이 몸을 둘러싸고 있다는 느낌이 들곤 한다. 그들의 특유한 분위기는 매번 달라지는 트렌드를 뒤쫓는 것이 아닌, 자신만의 확고한 스타일을 유지하는 데서 나오고 평소에 주변 사람들을 의식하지 않고 살아가는 뚜렷한 삶의 신념을 통해 형성된다. 그들은 다른 사람의 기준으로 채워진 인생이 아닌 오롯이 자신의 선택으로 채우는 인생을 살아가면서 자신의 삶에 자신만의 분위기를 은은한 향수처럼 뿌리고 있다. 그리고 이 향은 여러 사람에게까지 전달된다. 나만의 분위기를 가지고 싶다면 내 삶이라는 긴 영화의 주인공이 되는 것이 먼저다.

오늘도

참 쉽지 않은
하루였지?

사람 때문에 미소 지었을 때도 있었겠지만, 사람에게 상처받아서 왈칵 쏟아질 것 같은 눈물을 애써 삼킬 때도 있었을 거야. 인생이란 게 정말 내 뜻대로 잘 풀리기만 하면 좋을 텐데, 잔잔한 강처럼 흐르는 일상에 작고 큰 돌멩이 같은 일들이 떨어져서 마음에 요란한 파동을 일으키는 날이 꼭 있더라고. 그럴 때마다 내가 가까이에서 네 손을 잡아주고 눈을 마주쳐 주면 참 좋았을걸, 사는 게 바쁘다는 핑계로 이제야 이렇게 마음을 전하네. 미안해. 그리고 고마워. 궂은일에도 중심을 잃지 않으려고 애써줘서 고맙고, 이렇게 건강한 모습으로 내 마음 가까이에 머물러 줘서 고마워. 속상하고 힘들었던 기억은 모두 이 자리에 내려놓고 좋았던 기억만 한 아름 끌어안고서 새로운 길을 또다시 걸어가 보자.

이제 곧 행운이 우리를 찾아올 거야.
늘 건강하고, 사랑해.

이제 곧 행운이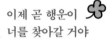
너를 찾아갈 거야

초판 1쇄 발행 2024년 7월 4일
초판 3쇄 발행 2024년 8월 12일

지은이 수정빛

책임편집 안희주
디자인 어나더페이퍼
책임마케팅 김서연, 김예진, 김소희, 김찬빈, 박상은, 이서윤, 최혜연, 노진현, 최지현
마케팅 유인철
경영지원 백선희, 권영환, 이기경
제작 제이오

펴낸이 서현동
펴낸곳 ㈜오픈하우스
출판등록 2024년 5월 16일 제2024-000141호
주소 서울시 강남구 테헤란로 419, 11층(삼성동, 강남파이낸스플라자)
이메일 info@ofh.co.kr

ⓒ 수정빛
ISBN 979-11-988099-2-6 (03810)

스튜디오오드리는 ㈜오픈하우스의 출판브랜드입니다.